Edition Paashaas Verlag

Die im Buch veröffentlichten Ratschläge wurden von der Verfasserin sorgfältig erarbeitet und geprüft. Eine Garantie kann dennoch nicht übernommen werden; ebenso ist eine Haftung der Verfasserin bzw. des Verlages und seiner Beauftragten für Personen-, Sach- und Vermögensschäden ausgeschlossen. Namen und Begebenheiten in den Geschichten sind frei erfunden. Ähnlichkeiten mit lebenden Personen und tatsächlichen Begebenheiten sind nicht beabsichtigt, sondern rein zufällig.

Krimiparty Sonderausgabe 1

Plötzlich und erwartet

Ein Fall mit Kommissar Henry Kragenberg

Weihnachtsedition

3

Autor: Cornelia H.-Müller

Weihnachtsedition, geänderte Neuausgabe November 2018
Cover-Motive: Pixabay
Cover designed by Michael Frädrich
www.verlag-epv.de
ISBN: 978-3-942614-25-2
Printed: BoD, Norderstedt

Inhaltsverzeichnis

Einleitung

Mithilfe dieses Buches können Sie zu Hause gemeinsam mit Ihren Familienmitgliedern und Gästen auf Tätersuche gehen. Sie tauchen ein in einen spannenden Mordfall, ermitteln, befragen und bewerten Tatsachen und Aussagen.

Dabei werden von niemandem schauspielerische Fähigkeiten verlangt. Sie sitzen mit Ihren Mitspielern in gemütlicher Runde beisammen und versuchen gemeinsam, dem Täter auf die Spur zu kommen!

Zu diesem Krimi gibt es eine Geschichte des Verbrechens, die in der Runde vorgelesen wird und darüber informiert, was passiert ist, sowie Rollenbeschreibungen für alle Mitspieler, eine schlüssige Auflösung und ein humoriges Nachwort.

Der Krimi ist so angelegt, dass in einem Raum ermittelt wird. Ob Sie also im Wohnzimmer oder im Freien während eines Grillfestes versuchen, mit Ihren Gästen den Fall zu lösen, spielt keine Rolle.

Das Buch ist mit dem Internet gekoppelt.
Das benötigte Zubehör können Sie ganz einfach herunterladen und ausdrucken.

Einladungen, Namensschilder, Kurztexte und Rollentexte finden Sie auf:
http://www.verlag-epv.de im Bereich Krimiparty.

Ihre Zugangsdaten lauten:
Benutzername: krimipartysb1
Passwort: hmueller18

So funktioniert ein Mitspielkrimi!
Erklärungen zur Durchführung

Ihre Gästeliste steht und Sie haben sich für diese Geschichte entschieden. Lesen Sie die Grundgeschichte und die dazu gehörenden Rollen bitte gründlich durch. Überlegen Sie, welcher Mitspieler welche Rolle übernehmen soll. Es ist kein Problem, wenn einmal eine Dame eine Herrenrolle übernimmt oder umgekehrt. Wenn Sie allerdings auch mit ermitteln wollen, ohne zu wissen, wer der Täter ist, vergeben Sie die Rollen blind und lesen Sie keinesfalls die Auflösung durch. Auf diese Weise werden auch Sie als Gastgeber zum "echten" Ermittler.

Haben Sie einen Internet-Anschluss? Dann können Sie unter www.verlag-epv.de die einzelnen Rollen für Ihre Gäste herunterladen und ausdrucken. Sollten Sie diese Möglichkeit nicht haben, kopieren Sie sie aus dem Buch.

Die Rollentexte werden erst am Abend selbst an die Mitspieler vergeben. Versenden Sie sie bitte nicht mit der Einladung.

Bereiten Sie Namensschilder mit den Rollennamen für Ihre Gäste vor, diese werden am Spielabend mit einem Klebestreifen oder Klämmerchen für alle sichtbar angeheftet. Auch diese sind im Internet zum Download hinterlegt.

Drucken Sie die Kurzbeschreibung für Ihre Gäste aus; sie erleichtert den Einstieg und hilft, sich die neuen Spiel-Namen zu merken. Wenn möglich, drucken oder fotokopieren Sie für jeden Gast eine Kurzbeschreibung.

Der Spielablauf

Ihre Gäste werden sicher schon sehr gespannt sein, was sie erwartet. Damit Ihr Krimiabend zum Erfolg wird, noch folgende Tipps:

Schaffen Sie eine gemütliche Atmosphäre und vermeiden Sie zu helles Licht. Stellen Sie Kerzen oder kleine Lichter auf; dies schafft den richtigen Rahmen. Legen Sie bitte für jeden Gast Papier und Stift bereit. Notizen zur Geschichte und zu den einzelnen Aussagen der Mitspieler sind wichtige Stützen bei der Ermittlungsarbeit. Halten Sie bitte auch für jeden Gast die ausgedruckte Kurzbeschreibung des Falles bereit.

Haben Sie ein Abendessen für Ihre Gäste vorgesehen?

Dann dekorieren Sie die Kurzbeschreibungen mit auf der Tafel. Sie werden feststellen, dass es bereits beim Lesen dieser Information rege Gespräche und Verdächtigungen gibt. Wenn sich die Gäste untereinander noch nicht kennen, dient die Kurzbeschreibung ganz wunderbar als Eisbrecher.

Wenn Sie ein Menü mit mehreren Gängen servieren, gehen Sie wie folgt vor:

Verteilen Sie vor der Vorspeise die Namensschilder. Jeder Gast weiß nun, wen er heute Abend charakterlich vertritt.

Lesen Sie nach der Vorspeise den ersten Teil der Geschichte vor. Es ist in allen Geschichten vermerkt, an welcher Stelle die Lesung unterbrochen werden kann, um den Hauptgang zu genießen. Auf diese Weise wird Ihr Abend zu einem richtigen Krimidinner.

Nach dem Hauptgang lesen Sie den Rest der Geschichte vor.

Erst danach erhält jeder Gast seine persönliche Rolle, die aus Vorstellungstext und Geheimtext besteht. Diese Texte werden nun von den Mitspielern gründlich und vor allem diskret studiert. Wenn alle Gäste soweit sind und ihre Rolle gelesen haben, beginnt die Vorstellungsrunde. Alle Mitspieler lesen reihum ihren Vorstellungstext vor.

Der geheime Text enthält weitere Informationen und ergänzt die Geschichte; er wird nicht vorgelesen, sondern bietet Hintergrundideen, die jede einzelne Person zum Ermitteln benötigt und dann nach eigenem Geschick in die Ermittlungen einbringen kann. Der Mörder erfährt in seinem Geheimtext, dass er der Täter ist.

Nach der Vorstellungsrunde beginnen die Ermittlungen; durch Vorstellungs- und Geheimtext ergeben sich viele Fragen, die nun gestellt und beantwortet werden.

Lügen, darauf sollten Sie Ihre Gäste noch einmal hinweisen, darf wirklich nur der Täter. Alle anderen müssen sich nahe an der Wahrheit orientieren.

Wenn die Ermittlungen abgeschlossen sind, verteilen Sie Zettel, wo jeder seinen Namen und seinen Täterverdacht aufschreiben kann. Sammeln Sie die Zettel ein. Danach servieren Sie, wenn es vorgesehen ist, das Dessert.

Zum Abschluss lesen Sie als Gastgeber die Auflösung des Falles vor. Erst jetzt darf sich der Täter zu erkennen geben!

Geben Sie bekannt, wie viele anhand der eingesammelten

Zettel den richtigen Täter ermittelt haben – eventuell machen Sie daraus sogar ein kleines Gewinnspiel, indem Sie etwas verlosen. Das sorgt zusätzlich noch einmal für eine Menge Freude.

Wenn Sie kein Abendessen, sondern nur einen kleinen Snack planen, gehen Sie wie folgt vor:

- Begrüßung der Gäste und Verteilung der Namensschilder und der Kurzbeschreibung

- Verteilung von Papier und Bleistift für Notizen

- Vorlesen der Grundgeschichte

- Verteilen der Rollentexte

- diskretes Studieren der Rollentexte

- Vorstellungsrunde

- Ermittlungen

- Täterverdacht aufschreiben lassen

- Verlesen der Auflösung

- Bekanntgabe, wer richtig geraten hat – und wenn es vorgesehen ist, Ziehung des Gewinners

- Verlesen des Nachworts

Häufig gestellten Fragen zur Durchführung:

Frage: Weiß der Mörder, dass er der Täter ist?
Antwort: Ja, dies steht ausdrücklich im Geheimtext seiner Rolle.

Frage: Dürfen die Gäste schummeln und flunkern?
Antwort: Nur der Mörder darf dies tun. Die anderen sollten sich nahe an der Wahrheit orientieren.

Frage. Ich habe mehr Gäste als Rollen. Was nun?
Antwort: Es ist sicher sinnvoll, das Stück passend zur Gästezahl auszusuchen. Wir haben in jeder Geschichte aber auch sogenannte Gastrollen vorgesehen. Wenn es heißt: 7-10 Mitspieler, gibt es 7 größere Rollen und 3 kleinere Gastrollen. Die größeren Rollen müssen, die Gastrollen können besetzt werden.
Sollten Sie die doppelte Anzahl Gäste haben, können Sie an 2 Tischen gleichzeitig spielen. Bereiten Sie Rollen und Zubehör zweimal vor, lesen Sie die Geschichte zentral vor und ermitteln Sie danach an 2 Tischen. Sie werden sehen, dass auch dies reibungslos funktioniert. Vermutlich werden die Tische zu ganz unterschiedlichen Ergebnissen kommen; es kommt immer ganz darauf an, wie sich die einzelnen Mitspieler verhalten.

Die Anzahl der Gäste kann beliebig erhöht werden, ebenso die Zahl der neutralen Beobachter.

Frage: Müssen alle Gäste ungefähr gleich alt sein?
Antwort: Nein. Wir haben in unseren Testrunden mit Personen jeden Alters in gemischten Gruppen gespielt. Unsere Mitspieler waren von 16 bis 80 Jahre alt, und allen hat es großen Spaß bereitet!

Frage: Muss alles aus dem Vorstellungstext auch vorgetragen werden?
Antwort: Ja, der Text der Vorstellungsrunde ist so angelegt, dass er wichtige Informationen gibt, ohne die die Ermittlungen rasch langweilig werden.

Frage: Kann man dieses Spiel auch an Feiertagen mit der Familie spielen?
Antwort: Ja, dies ist eine besonders gute Idee und eine neue Art, Familienfeste zu einem wirklich spannenden Event zu gestalten.

Frage: Gibt es Mitspielkrimis auch als Restaurant-Event?
Antwort: Ja, schauen Sie ab und zu einmal auf die Seite www.glashauskrimi.de oder auf www.krimispieldinner.de. Dort finden Sie alle Hinweise auf entsprechende Veranstaltungen.

Und sollten Sie als Eventveranstalter Mitspielkrimis anbieten wollen, melden Sie sich ebenfalls bei der Autorin unter:
eventanfrage@glashauskrimi.de

Frage: Meine Frage war hier nicht aufgeführt; ich benötige Hilfe.
Antwort: Wenden Sie sich bitte an glashauskrimi@glashauskrimi.de und schreiben Sie der Autorin eine Mail. Sie wird Ihnen alle anstehenden Fragen zum Gelingen Ihrer privaten Krimiparty gerne beantworten.

Die Einladung

Wenn Sie Ihre Gäste schriftlich einladen wollen, können Sie z. B. diesen Text als Vorlage nutzen. Im Internet finden Sie eine vorbereitete Einladung, die Sie ausdrucken können.

Einladung zur Krimiparty

Tatort: _____
Die Ermittlungen beginnen am _____

um _____ Uhr.

Für das leibliche Wohl ist ebenso gesorgt, wie für spannende Unterhaltung, denn es gibt tatsächlich einen Mord aufzuklären. Klar, dass wir dabei deine/eure Unterstützung benötigen.

Falls ihr eine Lesebrille tragt, vergesst sie bitte nicht, denn ihr erhaltet selbstverständlich Akteneinsicht.

Ich würde mich sehr freuen, wenn du/ ihr komm(s)t.

Herzliche Grüße

Antwort bitte per Tel. _____

Kurzbeschreibung zum Auslegen auf dem Tisch:

Es spielen mit:

Jacqueline von Staffelberg, geb. Briscoud – Ehefrau von Karl-Friedrich
Johannes von Staffelberg – Sohn von Karl-Friedrich
Caroline von Staffelberg – Ehefrau von Johannes
Irene von Staffelberg – Ex-Ehefrau Nr. 1 von Karl-Friedrich
Monika von Staffelberg – Ex-Ehefrau Nr. 2 von Karl-Friedrich
Arthur Seidemann – Notar und Freund
Dr. Stefan Schaller – Hausarzt
Henry Kragenberg – Kommissar
Alice Höhner – Hausdame
Neutrale Beobachter

Das ist passiert:

Karl-Friedrich von Staffelberg lädt, wie in jedem Jahr, seine Familie und einige Freunde zu einem feierlichen Weihnachtsessen ein. Zum ersten Mal ist auch Karl-Friedrichs frisch angetraute dritte Ehefrau, die junge und schöne Jacqueline, dabei. Dies wäre kaum erwähnenswert, stünden nicht auch die beiden Ex-Ehefrauen des Fabrikanten, Irene und Monika, mit auf der Gästeliste. Zu alledem sieht sich der Gastgeber am Weihnachtsabend mit wirklich ärgerlichen Indiskretionen konfrontiert. Dennoch endet das Fest ganz harmonisch. Am nächsten Morgen jedoch gibt es einen Toten in der Villa zu beklagen!

Zur Rollenverteilung:

Dieser Krimi ist spielbar mit 7 - 10 Personen.

Bei 7 Personen: Der Kommissar Henry Kragenberg und die Hausdame Alice Höhner werden ausgelassen; bitte lesen Sie aber beide Vorstellungstexte mit vor. Die Hinweise vom Kommissar übergeben Sie bitte an Caroline; sie kann sein Wissen mit in der Ermittlungsrunde vertreten.

Die Hinweise von Alice übergeben Sie bitte an Dr. Schaller; er bringt dann ihr Wissen mit ein.

Bei 8 Personen: Alice Höhner spielt nicht mit; Rollentext wie vor erwähnt an Dr. Schaller

Bei 9 Personen: mit Alice

Bei 10 Personen: mit einem Beobachter.

Die Grundgeschichte zum Vorlesen

Das ist passiert:

Der Unternehmer Karl-Friedrich von Staffelberg stand, verdeckt durch die lebensgroße Holzstatue der heiligen Barbara, im ersten Stock auf der mit dunklem Holz ausgestatten Galerie seiner stattlichen Villa. Von hier aus konnte er die gesamte Eingangshalle einsehen, ohne selbst von eintreffenden Besuchern bemerkt zu werden.

Wie in jedem Jahr hatte er heute, am Weihnachtsabend, alle Familienmitglieder und Freunde zum Abendessen in die Staffelbergsche Villa eingeladen und erwartete diese jeden Moment.

Dazu muss erwähnt werden, dass Karl-Friedrich auch immer noch jene beiden Damen zur Familie zählte, von denen er bereits seit vielen Jahren geschieden war.

Eine gewisse Brisanz war also nicht zu verleugnen, wenn Irene, seine Ex-Ehefrau Nr. 1 einmal jährlich zum Fest auf Monika, Ex-Ehefrau Nr. 2 und Mutter seines Sohnes Johannes traf. Dieses Jahr würde es noch etwas spannender werden; im Frühjahr hatte Karl-Friedrich mit der jungen und schönen Französin Jacqueline Briscoud, genannt Jackie, die dritte Ehefrau zum Traualtar geführt. Es würde ihr erstes Weihnachtsfest mit dem gesamten Clan werden und Karl-Friedrich war sich nicht sicher, wie dieses geballte Zusammentreffen von aktueller und Ex-Ehefrauen verlaufen würde. Man durfte gespannt sein.

Es läutete und Frau Alice Höhner, seit 30 Jahren Hausdame in der Villa, eilte geschäftig durch die Halle, um das schwere Portal zu öffnen.

Draußen stand Irene, Ehefrau Nr. 1.
Karl-Friedrich schmunzelte und sah auf seine Armbanduhr. Er hätte darauf wetten können, dass Irene, wie in jedem Jahr, die Erste sein würde. Sie stand immer gute 15 Minuten vor der verabredeten Zeit vor der Türe und wie jedes Jahr erklärte sie der Hausdame wortreich, sie habe sich einfach in der Zeit geirrt. Karl-Friedrich kannte den wahren Grund für ihr zu frühes Erscheinen allerdings nur zu gut.

Irene war es wichtig, im Ohrensessel am Kamin zu sitzen. Dies war früher, zu Ehezeiten, ihr Lieblingsplatz gewesen und sie konnte es einfach nicht ertragen, wenn sich ihre Nachfolgerin Monika darauf setzte.

Irene trat ein und begrüßte Frau Höhner sehr herzlich, die beiden Frauen hatten sich immer schon sehr gut verstanden.

Karl-Friedrich beugte sich etwas vor und entdeckte an Irenes Finger den Ring, den er ihr vor vielen Jahren zur Hochzeit geschenkt hatte. Dass sie diesen Ring immer noch trug, rührte ihn. Es war wirklich bedauerlich, dass die Ehe mit Irene gescheitert war. Sie war eine so heitere und fröhliche Person und hatte seinerzeit viel frischen Schwung ins Haus gebracht. Er hatte sie sehr geliebt und sie sah immer noch fantastisch aus. Die Trennung von Irene schmerzte ihn immer noch.

Andererseits, und er erinnerte sich mit unbehaglichem Gefühl, hatte es keine andere Möglichkeit gegeben.

Nun zog sie den Mantel aus und reichte ihn Frau Höhner. Als sie ihm kurz den Rücken zudrehte, zuckte Karl-Friedrich überrascht zusammen: Ein tiefer Ausschnitt an Irenes wirklich bezauberndem roten Kleid gab den Blick frei auf ein großes, nicht zu besehendes Tattoo auf ihrem Rücken: Neben einem roten Herz hatte sie sich in ebenfalls roter Farbe und mit verschnörkeltem Schriftzug: „I will find a way to love you again" stechen lassen.

Der Gastgeber schüttelte irritiert den Kopf. Was hatte sie sich nur dabei wieder gedacht? Und war dies eine Nachricht an ihn? Im letzten Jahr hatte Irene ebenfalls einen tiefen Rückenausschnitt getragen und ihr Rücken war makellos gewesen. Was Jackie wohl dazu sagen würde? Und warum ließ sich Irene immer wieder diese Tattoos stechen? Ihr schöner und früher so makelloser Körper glich inzwischen sicher einem Bilderbuch. Karl-Friedrich bemühte sich, nicht weiter darüber nachzudenken; Irene konnte schließlich tun und lassen, was sie wollte. Aber es beschlich ihn immer noch ein unbehagliches Gefühl, wenn sie, wie er es nannte, über die Stränge schlug.

Jetzt tuschelten die beiden Frauen leise miteinander. Dann sah Irene sich kurz um, als wolle sie sicherstellen, nicht beobachtet zu werden, zog ein kleines Päckchen aus ihrer Tasche und reichte es Frau Höhner.

Diese nickte, ließ das Päckchen in der Rocktasche verschwinden und reichte einen Briefumschlag an Irene, den diese nun diskret in ihre Handtasche steckte. Auch diese Handlung beobachtete Karl-Friedrich auf der Empore mit großer Besorgnis; er musste unbedingt daran denken, Irene später darauf anzusprechen.

Unten in der Diele warf diese noch einen kurzen, selbstbewussten Blick in den großen Spiegel über der Anrichte, zupfte kurz an ihrem Kurzhaarschnitt und verschwand schließlich mit großen Schritten im Kaminzimmer.

Karl-Friedrich sah erwartungsvoll auf die Kaminzimmertüre. Ob sie gleich wieder herausstürmen würde? Irene würde ziemlich genau jetzt, in diesem Moment feststellen, dass der Ohrensessel nicht mehr da war. Seine junge Frau Jackie hatte ihn ohne sein Wissen aussortiert; er war letzte Woche von den Mitarbeitern eines Altenheims in Köln abgeholt worden. Zu seiner Erleichterung aber blieb alles ruhig.

Das erneute Klingeln an der Pforte riss Karl-Friedrich aus seinen Gedanken und lenkte seine Aufmerksamkeit wieder hinunter in die Diele. Frau Höhner eilte erneut zum Portal, öffnete und gleich darauf betraten Johannes, der einzige Sohn des Kölner Gewürzfabrikanten und dessen Ehefrau Caroline das Haus. Interessanterweise hatten sie Johannes Mutter Monika nicht mitgebracht. Das war ungewöhnlich, denn Monika besaß keinen Führerschein und war auf die Mitnahme durch ihren Sohn angewiesen. Der Weg hier heraus war weit; die Villa lag ländlich, weitab von der Hauptstraße und war mit öffentlichen Verkehrsmitteln kaum zu erreichen.

Caroline schüttelte sich den Schnee aus den roten, langen Haaren und Johannes half ihr galant aus dem schicken Mantel. Karl-Friedrich schmunzelte; der Junge hatte die guten Manieren zwar in einem Schweizer Internat erworben; die Eleganz aber, die er im Umgang mit Frauen an den Tag legte, die hatte er zweifellos von ihm, seinem Vater, abgeschaut. Karl-Friedrich wunderte sich nach wie vor, dass die Ehe seines Sohnes mit Caroline nun schon 10 Jahre hielt. So lange war er selbst noch nie mit einer Frau verheiratet oder zusammen gewesen. Er beugte sich etwas vor und versuchte, in den Gesichtern der Kinder zu lesen, denn er hegte aus aktuellem Anlass Zweifel am Glück der beiden.
Anzumerken, dies musste er allerdings auf seinem Beobachtungsposten einräumen, war ihnen nichts. Sie turtelten wie zwei frisch Verliebte durch die Diele und übergaben Frau Höhner gut gelaunt die Mäntel.
Jetzt blickte Caroline, wie kurz zuvor noch Irene, in den großen Spiegel, fuhr sich mit beiden Händen durch das volle Haar, zog kurz den Lippenstift nach und hakte sich dann bei ihrem Mann ein. Die beiden verschwanden munter plaudernd ebenfalls im Kaminzimmer.

Wieder erklang der Gong am Portal.

Arthur Seidemann, Notar in allen Angelegenheiten und gleichzeitig einer der besten Freunde von Karl-Friedrich, betrat das Haus. Mit ihm erschien auch die eben noch vermisste Monika. Beide schienen durchgefroren.

„Mein Wagen ist unten an der Straße liegengeblieben", erklärte der Notar mit Blick auf die Uhr. „Ich hoffe, wir sind nicht zu spät. Wir mussten bis zum Haus herauflaufen!"

Frau Höhner lächelte mit freundlicher und höflicher Zurückhaltung. „Nein, Herr Seidemann, Sie sind keinesfalls zu spät; es sind auch noch gar nicht alle da."
Dann wandte sie sich Monika zu.
„Guten Abend, Frau von Staffelberg. Darf ich Ihnen den Mantel abnehmen?"
„Ist Irene schon hier?", fragte diese und schälte sich aus ihrem schweren Mantel.
Die Hausdame nickte.
„Sie kam bereits vor gut 20 Minuten".
„Och, das ist aber zu schade", stellte Monika enttäuscht fest. „Einmal möchte ich vor ihr hier sein. Nur ein einziges Mal. Wir sind extra früh losgefahren und wenn dein Wagen nicht liegen geblieben wäre … dann …!"

Arthur wirkte zerknirscht.
„Es tut mir auch wirklich leid, Monika, aber jetzt lass uns bitte hineingehen. Ich muss dringend an den Kamin zum Aufwärmen. Kommst du?"
Auffordernd sah er Monika an, doch diese schüttelte den Kopf.
„Geh nur vor, ich muss noch kurz ins Gäste-WC."
Sie wartete, bis Arthur verschwunden war. Dann drehte sie sich um und sah hinauf zur Galerie!

„Guten Abend, Karli", rief sie mit lauter Stimme. „Ich weiß genau, dass du da oben hinter der heiligen Barbara stehst und uns beobachtest. Ich freue mich auf dich!" Dann warf sie eine Kusshand hinauf, ging kurz zu dem in der Diele hängenden Ölgemälde, welches Karl-Friedrichs verstorbene Mutter Walburga zeigte und streckte dieser genüsslich die Zunge heraus. Erst dann folgte sie Arthur ins Kaminzimmer.

Oben auf der Empore lächelte Karl-Friedrich. Die Respektlosigkeit seiner Mutter gegenüber hatte Gründe; er wusste dies nur zu gut und sah es Monika gerne nach. Und dass sie ihn auf der Empore entdeckt hatte, passte ebenfalls zu ihr; er hatte bereits zu Ehezeiten kaum etwas vor ihr verbergen können. Sie war ganz anders als die temperamentvolle Irene − aber mindestens eine ebenso grandiose Frau. Ihre wohltuende Bodenständigkeit, ein ausgeprägter Geschäftssinn und ein hohes Maß an Zuverlässigkeit hatte er stets an ihr geschätzt. Und diese Grübchen, rechts und links in ihren Wangen konnten einen Mann wirklich verrückt machen. Bevor er länger darüber nachdenken konnte, öffnete sich hinter ihm die Türe zum Schlafzimmer seiner dritten Ehefrau und Jackie betrat die Galerie.

Sie sah atemberaubend aus in ihrem schwarzen, enganliegenden Abendkleid. An ihrem Hals schimmerte der grüne Smaragd, den er ihr zur Hochzeit in Monte Carlo geschenkt hatte.

„Hier steckst du", sagte sie belustigt. „Beobachtest du etwa die Gäste? Das ist sehr ungehörig!"

Karl-Friedrich trat ihr entgegen und schüttelte den Kopf.

„Natürlich nicht; ich habe hier auf dich gewartet, weil ich annahm, dass du gemeinsam mit mir hinunter gehen möchtest, um unsere Gäste zu begrüßen. Das Kleid steht dir gut! Ist es neu?"

„Ja", antwortete Jackie und drehte sich einmal um die eigene Achse. „Es ist fantastisch, nicht wahr? Sind denn schon alle da?"

„Dr. Schaller fehlt noch. Aber ich denke, er wird gleichkommen!"

„Du hast deinen Hausarzt zum Weihnachtsfest eingeladen? Fühlst du dich krank?"

Die Sorge in Jackies Stimme klang zu seiner Überraschung aufrichtig.

„Nein, alles in Ordnung! Aber soweit ich weiß, hat er keine Angehörigen in der Nähe. Er wäre sicher alleine zu Hause und er passt doch ganz gut in unsere Runde."

Jackie küsste ihn auf die Nasenspitze.

„Das liebe ich so an dir. Du hast ein fantastisch großes Herz!"

Dr. Stefan Schaller traf kurz vor dem Abendessen ein. Er hatte sich leicht verspätet, weil eine Privatpatientin, steinreich aber einsam an Weihnachten, noch kurz darum gebeten hatte, ihren Blutdruck zu messen. Es hatte einiges an Zeit gekostet, sich vom Wohnzimmer der Dame wieder bis zur Haustüre zu arbeiten und noch mehr Fingerspitzengefühl, die offensichtlichen, amourösen Angebote der leicht beschwipsten Patientin höflich aber bestimmt abzulehnen.

Als er das Speisezimmer betrat, saßen bereits alle an der langen, festlich geschmückten Tafel.

Karl-Friedrich hatte vor Kopf Platz genommen, rechts neben ihm saß Jackie.

Es folgten Johannes an seiner Linken, dessen Frau Caroline und der Notar Arthur Seidemann. Ihm gegenüber saß Monika und gleich daneben Irene.

„Guten Abend. Ich bedaure, dass ich mich verspätet habe. Eine Patientin ...", lächelte der Doktor entschuldigend in die Runde.

Der Hausherr winkte ab.

„Setzen Sie sich, Dr. Schaller. Sie kennen ja alle der Anwesenden! Schön, dass Sie da sind!"

Dann nahm er sein Champagnerglas und erhob sich.

„Wir sind also wieder alle zusammen in diesem Haus, um gemeinsam Weihnachten zu feiern. Zum ersten Mal ist heute Abend, neben Dr. Schaller, auch meine Frau Jacqueline dabei. Jackie, ich habe dich mit Monika und Irene ja eben schon bekannt gemacht; die beiden beißen nicht und ich gehe davon aus, dass wir alle einen gemütlichen Abend haben werden."

Monika und Irene, viele Jahre nicht wirklich die besten Freundinnen, warfen sich kurz einen vielsagenden Blick zu und waren sich stillschweigend so einig wie selten zuvor: Jackie war viel zu jung für Karl-Friedrich und vermutlich nur auf sein Geld aus.

Karl-Friedrich fuhr indessen fort: „Vor uns liegt ein neues Jahr, in welchem sich so manches verändern wird."
Er hielt kurz inne und schien nach den passenden Worten zu suchen.
„Verändern? Inwiefern?" Fragend blickte Irene den Gastgeber an.
Dieser schien antworten zu wollen, schüttelte dann aber entschlossen den Kopf.
„Das tut jetzt nichts zur Sache; wir wollen uns heute, wie gesagt, einen schönen Weihnachtsabend machen, sonst nichts. Den Rest werdet ihr schon noch früh genug erfahren!"

23

Er hob sein Glas, trank einen Schluck Champagner und setzte sich wieder.

Monika beugte sie sich leicht zu Arthur vor und sah ihn aufmunternd an. „Wolltest du nicht auch noch etwas sagen? Jetzt wäre der richtige Moment, findest du nicht?" „Später", antwortete Arthur freundlich und wies mit einem Blick zur Türe. Dort stand Frau Höhner bereits mit der Suppenschüssel bereit und wartete darauf, servieren zu können. „Wir haben sicher später noch Gelegenheit dazu!"

Das Dinner verlief harmonisch; Karl-Friedrich wusste aus Erfahrung, dass persönliche Themen in dieser Runde gekonnt umschifft werden mussten. Nach gut 2 Stunden war das Abendessen vorüber und der Gastgeber bat die Anwesenden in das große und festlich hergerichtete Wohnzimmer.

In der Mitte des Raumes stand ein stattlicher, fast raumhoher Baum, den Frau Höhner mit unzähligen, weißen Porzellankugeln geschmückt hatte. Die Hausdame hatte die Kerzen im Baum wenige Minuten zuvor angezündet und nun strahlte er in vollendeter Schönheit. Aus der Musikanlage erklang feierlich das Ave Marie, gesungen von niemand geringerem als Maria Callas. Die Gesellschaft war sichtlich beeindruckt.

„Das ist ja, wie jedes Jahr, einfach großartig!", erklärte Monika mit vom Rotwein geröteten Wangen; ihr Blick konnte sich kaum vom Baum lösen.

Karl-Friedrich wusste genau, was Monika als Nächstes sagen würde; es war seit über 30 Jahren jedes Jahr der gleiche Wortlaut:
„Weißt du noch, wie unser Johannes als kleiner Junge unter dem Weihnachtsbaum gespielt hat?" Monika nippte an ih-

rem Rotwein und sah versonnen in die Runde.

Karl-Friedrich nickte zustimmend. Es gab Dinge, die änderten sich niemals. Erwartungsgemäß antwortete er: „Natürlich weiß ich das, meine Liebe! Wie könnte ich das jemals vergessen!"

Normalerweise antwortete Monika an dieser Stelle stets: „Oh mein Gott, wie die Jahre vergehen; es ist wirklich kaum zu glauben!"
Woraufhin Karl-Friedrich stets mit einem „Wie wahr, wie wahr" zu antworten pflegte.

In diesem Jahr aber nahm das Gespräch eine neue Wendung.

Jackie trat selbstbewusst neben Karl-Friedrich und hakte sich bei ihm ein. „Es wird Zeit", schnurrte sie, „es wird Zeit, dass bald wieder ein kleiner Junge oder ein kleines Mädchen unter dem Baum spielt, nicht wahr, Liebling?"
Einen Moment war es totenstill im Raum und alle Blicke richteten sich kritisch auf Jackies Bauch.

„Ist das die von dir eben angesprochene Veränderung, die es im nächsten Jahr geben wird?" Irenes Lächeln schien in ihrem Gesicht festgefroren. Sie wartete eine Antwort ihres Exmannes nicht ab, sondern sah sich nach einem Stuhl um. Kurz darauf ließ sie sich mit einem Seufzer auf einem Schemel am Kamin nieder.

„Das wirst du dir in deinem Alter doch wohl nicht mehr antun, oder?" Caroline nahm einen Schluck Champagner und trat neben ihren Schwiegervater; fast belustigt sah sie ihn an. „Kleine Kinder sind anstrengend und du bist immerhin über 70!"

„Auch Pablo Picasso und Anthony Quinn wurden noch spät Vater und haben es sehr genossen", stellte Jacqueline fest, strahlte und legte vielsagend eine Hand auf ihren flachen Bauch.

„Ich bezweifele, dass man mit über 70 Jahren Kindergeschrei genießen kann", klinkte sich Johannes in das Gespräch ein und sah seinen Vater skeptisch an. „Ich jedenfalls hoffe, dass du so einen Unsinn sein lässt. Das wäre doch wirklich ... grotesk!"

Karl-Friedrich ignorierte sämtliche Äußerungen und holte den Zigarrenkasten aus dem Raucherschrank. Er öffnete ihn und hielt ihn seinem Sohn, Dr. Schaller und Arthur Seidemann entgegen. „Ganz neu eingetroffen", schmunzelte er. „Ihr könnt wählen zwischen erdigen Aromen wie Moos, Pilze und Humus oder Animalischen Aromen wie Leder, Stall oder Moschus."

Dr. Schaller und Johannes lehnten dankend ab und wanderten stattdessen zu den Damen hinüber; aber Arthur Seidemann griff gerne zu.

„Hast du für Montag alles vorbereitet?", fragte Karl-Friedrich, als Arthur sich vorbeugte, um die Zigarre auszuwählen.

Dieser nickte. „Natürlich, es ist alles fertig! Und du bist sicher ..., dass du es so willst?"

Karl-Friedrich steckte die Zigarre zwischen seinen Lippen an. Dann blies er ein kleines Rauchwölkchen in die Luft und nickte entschlossen.

Gegen 23:00 Uhr löste sich die Gesellschaft auf.
Arthur Seidemann nahm die recht angeheiterte Monika mit in die Stadt zurück, Irene fuhr mit Dr. Schaller und Caroline

und Johannes bestellten sich eine Taxe.

Gleich nach der Verabschiedung der Gäste erklärte Jackie, sie habe Kopfweh und zog sich in ihr Schlafzimmer zurück. Karl-Friedrich ging hinüber ins Kaminzimmer, zündete sich erneut eine Zigarre an und nahm in seinem schweren, dunkelbraunen Ledersessel Platz.

Auf einem kleinen Tischchen daneben stand, wie jeden Abend, bereits sein Scotch-Whisky bereit.
Karl-Friedrich zog die Schuhe aus und legte die Füße hoch.
Dann nahm er sein Glas und hielt es hoch.
„Frohe Weihnachten, Karl-Friedrich", sagte er laut zu sich selbst und leerte das Glas in einem Zug. „Auf dein neues Leben!"

Am nächsten Morgen wurde Dr. Schaller bereits gegen 08:00 Uhr von der sehr aufgeregten Hausdame angerufen und eilig in die Villa gebeten.
Als der Doktor eintraf, lag Karl-Friedrich von Staffelberg leblos auf dem Bett in seinem Schlafzimmer; er trug noch den Anzug vom Vorabend.

Dr. Schaller konnte nichts mehr für den Unternehmer tun.

„Plötzlicher Herztod!", stellte er bedauernd fest und drückte der fassungslosen und völlig aufgelösten Witwe Jackie die Hand. „Es tut mir sehr leid, wirklich!"

3 Tage später wurde in der Villa das Testament von Karl-Friedrich von Staffelberg eröffnet. Der Notar Arthur Seidemann hatte dazu Johannes von Staffelberg, dessen Ehefrau Caroline, die Exfrauen Irene und Monika, die junge Witwe

Jacqueline, den Hausarzt Dr. Stefan Schaller, sowie die Hausdame Frau Alice Höhner eingeladen.

Gerade, als Arthur das Testament verlesen wollte, meldete sich noch ein weiterer Gast: Kommissar Henry Kragenberg von der Mordkommission betrat den Raum …

Arthur Seidemann, Notar und Freund des Verstorbenen

Aussage:
Ich bin Arthur Seidemann und war mit dem Verstorbenen eng befreundet. Wie gewünscht, verlese ich gerne das Wesentliche aus dem Testament:

Das Hauptvermögen von 12,6 Millionen Euro geht an den einzigen Sohn, Johannes von Staffelberg. Die Summe setzt sich zusammen aus den Firmenanteilen, Immobilien und Barvermögen.

Die zwei früheren Ehefrauen, Irene und Monika, erhalten ebenso wie die junge Witwe Jaqueline, eine monatliche Unterhaltszahlung aus einer Stiftung in Höhe von 2.000 Euro sowie jeweils eine einmalige Zahlung von 200.000 Euro in bar.

Der Hausarzt erbt einen alten Bücherschrank, den er bei einem Hausbesuch hier einmal sehr bewundert hatte.

Die Hausdame, Frau Höhner, wurde ebenfalls bedacht; sie erbt 20.000 Euro.

Das ist, wie erwähnt, das Wesentliche im gültigen Testament.

Allerdings muss ich Ihnen mitteilen, dass Karl-Friedrich von Staffelberg die Absicht hegte, am Montag nach Weihnachten ein neues Testament zu unterzeichnen. Dieses neue Testament lag unterschriftsreif vor. Er hat es vor gut 14 Tagen bei mir in Auftrag gegeben. Die Änderungen gingen dahin, die beiden geschiedenen Gattinnen vom Erbe auszuschließen und die junge Witwe und den Sohn auf den Pflichtteil zu setzen.

1 Million Euro sollten an einen Herrn Sven Södermann aus Westerland gehen und der Rest in eine Stiftung zur Rettung der Nordseeküste! Außerdem sollten die monatlichen Unterhaltszahlungen für die Exfrauen auf die bei Scheidung vom

Gericht festgelegten Summen festgesetzt werden. Ich habe das mal von DM in Euro umgerechnet, es ergeben sich für Monika 487,00 Euro und für Irene 387,42 Euro.

Ich denke, dass diese Tatsache für die Ermittlungen in dem nun anstehenden Mordfall unter Umständen wichtig sein kann. Da es ja nun, durch den Todesfall, nicht mehr zur Unterzeichnung kam, bleibt das alte Testament natürlich gültig. Das heißt, so makaber es klingen mag, Karl-Friedrich von Staffelberg starb gerade noch rechtzeitig, um den Wohlstand der Anwesenden zu erhalten.

Hinweise Arthur Seidemann:
(bitte den Inhalt nach und nach geschickt für die Ermittlungen einsetzen)

Du wolltest heute Abend die Verlobung mit Monika bekannt geben; dies war die Neuigkeit, die Monika beim Abendessen angekündigt hatte.
Aber:
Du hast ihr auf der Fahrt zum Weihnachtsfest vertraulich von der anstehenden Testamentsänderung erzählt und sie hat versprochen, es für sich zu behalten. Karl-Friedrich hat dich während der Party aber gefragt, ob du es jemandem gesagt hast; Irene und Johannes haben ihn damit konfrontiert. Karl-Friedrich war sehr verärgert über diese Indiskretion!
Du hast Monika zur Rede gestellt; sie hat eingeräumt, es Johannes und Irene am Weihnachtsabend erzählt zu haben. Natürlich hast du ihr Vorwürfe gemacht. Sie ist sehr sensibel und hat daraufhin vor Aufregung einen Schwächeanfall erlitten. Gut, dass Dr. Schaller vor Ort war; er hat ihr schnell wieder auf die Beine geholfen.

Durch Börsengeschäfte hast du sehr viel Geld verloren. Karl-Friedrich hat dir letztes Jahr 200.000,00 Euro geliehen; diese wären am Montag zur Rückzahlung fällig gewesen. Leider hast du überhaupt keine Mittel flüssig. Du hast Karl-Friedrich bereits vor Tagen gesagt, dass du Montag nicht zahlen kannst. Er meinte nur, du sollst dir keine Sorgen machen. So war er eben, dein Freund Karl-Friedrich. Immer großzügig und immer hilfsbereit und auch euer Disput am Weihnachtsabend hat daran nichts geändert.

Dies könnte sehr wichtig sein:
Karl-Friedrich hat dir bei der Besprechung zur Testamentsänderung anvertraut, dass Jackie ihn betrügt. Er vermutete, dass sie ein Verhältnis mit Johannes, seinem Sohn hat. Dies war der Auslöser für die Testamentsänderung. Karl-Friedrich wollte noch ein schönes, friedliches Weihnachtsfest mit allen feiern und im nächsten Jahr nach Sylt ziehen. Ob mit oder ohne Jacqueline hatte er noch nicht entschieden. Da die Testamentsänderung erst nach seinem Tod zum Tragen gekommen wäre und er sich bei bester Gesundheit wähnte, wären alle seine Frauen noch lange gut versorgt gewesen. Dies war ihm offensichtlich wichtig; er hat dies besonders betont. Erzähle den anderen davon.

Am Tatabend ist dir aufgefallen: Johannes hat tatsächlich sehr oft mit Jacqueline gesprochen. Du weißt auch, dass Johannes vor ca. 6 Jahren einmal eine Affäre mit einer anderen Frau hatte. Trotzdem hegst du Zweifel an einem Verhältnis der beiden; du kannst dir einfach nicht vorstellen, dass Johannes ausgerechnet mit der Frau seines Vaters ein Verhältnis beginnt. Außerdem wirkt er mit Caroline sehr glücklich.

Zu Irene: Irene verkauft dir einmal im Monat Cannabis für den Eigenbedarf, denn du leidest an schmerzhafter Arthrose;

Cannabis hilft dir sehr.

Irene hat eine Cannabis-Plantage im Keller und gilt in der Stadt als Geheimtipp unter kranken Menschen, die unter großen Schmerzen leiden. Irene hat durch diese Einnahmen sicher keine finanziellen Probleme, denn das Geschäft blüht (im wahrsten Sinne des Wortes)

Früher warst du Schmerzpatient bei Dr. Schaller; aber seit du Cannabis bekommst, hast du ihn nicht mehr konsultiert.

Drogenkonsum war seinerzeit auch der Trennungsgrund der Eheleute Irene und Karl-Friedrich von Staffelberg; es gab einen Skandal und Irene musste, auf Betreiben von Walburga von Staffelberg (Karl-Friedrichs Mutter) das Haus verlassen.

Jahre später folgte dann Monika, eine sehr tüchtige Frau; sie hatte gerade ihr BWL-Studium abgeschlossen, als sie Karl-Friedrich heiratete. Sie wäre genau die richtige Person gewesen, um in der Staffelbergschen Gewürzfabrik eine Führungsposition zu übernehmen. Aber auch hier scheiterten die Pläne an Walburga. Sie fand eine Frau in einer Führungsposition untragbar und Karl-Friedrich hat sich dem Wunsch der Mutter gebeugt und lieber einen weiteren Geschäftsführer eingestellt.

Monika hat unter diesem veralteten Rollendenken sehr gelitten. Sie hat sich dem Arbeitsmarkt daher später komplett verweigert und lebt, wie sie dir sagte, ausschließlich vom Unterhalt ihres Ex-Mannes. Allerdings wunderst du dich manches Mal über ihre Ausgaben; sie scheint recht viel Geld zur Verfügung zu haben. Wie finanziert sie das?

Zu Sven Södermann:

Sven Södermann ist der uneheliche Sohn von Karl-Friedrich; er besitzt ein Fischgeschäft auf Sylt.

Karl-Friedrich hatte in letzter Zeit regelmäßig Kontakt zu diesem Sohn; er war in den letzten Wochen auch häufig auf Sylt und hat sich dort nach einem Haus umgesehen. Dies kannst du den anderen auch gerne berichten.

Zum Schluss schreibt jeder auf, wen er für den Täter hält. Die Auflösung erfolgt nach dem Dessert. Dann werdet ihr ja sehen, ob genau und richtig ermittelt wurde.
Viel Spaß.

Monika von Staffelberg, zweite Ehefrau des Verstorbenen

Aussage:
Ich bin Monika von Staffelberg und war 7 Jahre lang die zweite Ehefrau von Karl-Friedrich.

Mir war damals, als wir heirateten, überhaupt nicht klar, dass er niemals treu sein würde.

Einen Mann mit dem Aussehen, Charisma und dem Vermögen eines Karl-Friedrich von Staffelberg, den hat man nie alleine, aber ich war viel zu jung, um das zu erkennen.

Später habe ich dann gehofft, dass es mit der Geburt unseres Sohnes besser würde, aber das war leider ein Irrtum. Ein paar Jahre nach Johannes Geburt hat er sich wegen einer blonden Bedienung aus einem Schnellrestaurant von mir scheiden lassen. Diese Dame hat er aber zur Abwechslung einmal nicht geheiratet; ich schätze, dies war dem Einfluss seiner Mutter zu verdanken. Sie hätte Karli vermutlich enterbt, wenn er eine Kellnerin zur Frau von Staffelberg gemacht hätte. (lacht bitter)

Aber ob Sie das jetzt glauben oder nicht: Zwischen Karl-Friedrich und mir gab es kein böses Wort. Er hat es einfach verstanden, mir die Scheidung als total klasse für mich zu verkaufen. Wirklich. Und danach hat er alles darangesetzt, dass der Junge nicht leidet und ich ein angemessenes Leben führen kann. So war er der Karli, immer großzügig, immer um seine Familie besorgt und bemüht.

Was Jackie angeht: Mein Eindruck ist, dass auch in dieser Ehe schon wieder der Wurm drinnen ist. Die beiden, also Jackie und Karl-Friedrich sind sich doch den ganzen Abend aus dem Weg gegangen, das konnte doch ein Blinder mit Krückstock sehen, dass da jetzt schon, nach so kurzer Zeit, dicke Luft herrschte.

Hinweise Monika:
(bitte den Inhalt nach und nach geschickt für die Ermittlungen einsetzen)

Du hast seit einem Jahr eine Beziehung mit dem Notar Arthur Seidemann. Er wollte heute eure Verlobung bekannt geben; du hattest ihn eben beim Dinner darauf angesprochen.

Diese Ankündigung aber hat Arthur verschoben, denn: Er hat dir auf der Autofahrt zum Weihnachtsfest erzählt, dass Karl-Friedrich sein Testament zu euer allen Ungunsten ändern wollte. Du hast am Weihnachtsabend dann leider etwas zu viel getrunken und es Johannes und Irene berichtet. Dummerweise haben die beiden dann sofort bei Karl-Friedrich nachgefragt und Karl-Friedrich wiederum hat Arthur zur Rede gestellt. Arthur war recht ungehalten über deine Indiskretion und hat dir Vorwürfe gemacht. Du hast vor Aufregung einen Schwächeanfall erlitten und Dr. Schaller musste sich kurz um dich kümmern.

Irene behauptet gerne, das Geld von Karl-Friedrich nicht zu benötigen. Du fragst dich, was eine Drogistin verdient, zumal sie ja nur 10 Stunden pro Woche arbeitet. Sie führt einen aufwendigen Lebensstil; mit diesem Minijob und den Unterhaltszahlungen von Karl-Friedrich ist dies kaum möglich. Ob sie noch einen Nebenverdienst hat? Oder hat Karl-Friedrich ihr monatlich mehr gezahlt als dir? Das solltest du einmal hinterfragen. Du selbst bekommst jeden Monat 1500 Euro von ihm.

Du hast BWL studiert und als Johannes ins Internat kam, wärst du sehr gerne in die Geschäftsführung der Gewürzfabrik eingestiegen. Karl-Friedrich hätte dies auch befürwortet, aber seine Mutter, Walburga von Staffelberg, hat dies verhindert. Es passte nicht in ihr Rollenbild einer Ehefrau, einer Tätigkeit nachzugehen. Karl-Friedrich hat sich schließlich, zu deiner großen Enttäuschung, der Mutter gebeugt und einen externen Geschäftsführer eingestellt. Nach der Trennung hast du dich dem Arbeitsmarkt dann komplett verweigert; du hast keine Lust, dein Talent in einer Männerwelt zu vergeuden. Seit Jahren zockst du am Aktienmarkt und dies recht erfolgreich. Du verdienst auf diese Weise manches "Extra".

Das könnte wichtig sein:
Vor 14 Tagen hat Karl-Friedrich dir am Telefon erzählt, dass Jacqueline übers Wochenende zu ihrer Mutter nach Wanne-Eickel gefahren ist. Da du Jackie nicht traust, hast du Nachforschungen angestellt und herausgefunden, dass sich Jackies Mutter an diesem Wochenende gar nicht in Wanne-Eickel aufhielt. Sie war im Urlaub in der Normandie. Wo also war Jackie tatsächlich? Sprich dies bitte an.

Zu Arthur:
Arthur leidet unter schmerzhafter Arthrose. Er war bei Dr. Schaller in Behandlung, geht aber schon seit Monaten nicht mehr hin. Du weißt, dass er regelmäßig, wenn die Schmerzen zu heftig werden, Cannabis raucht. Wo bekommt er das Mittel her?
Außerdem ist er richtig knauserig in letzter Zeit. Du hast den Eindruck, dass er finanziell nicht besonders gut dasteht. Gibt er sein Geld für Cannabis aus? Sprich auch das einmal an.

Irene und Karl-Friedrich haben sich seinerzeit wegen eines Skandals getrennt. Du hast nie herausgefunden, um was es damals genau ging. Heute könntest du noch einmal nachfragen.
Du magst Irene inzwischen recht gerne; sie hatte damals auch sehr unter der Schwiegermutter zu leiden.

Karl-Friedrich hat dich heute Abend gefragt, wie dein Eindruck von der Ehe von Johannes und Caroline ist. Du konntest ihm nichts Genaues sagen; die Kinder leben ihr Leben und wenn du sie triffst, machen sie einen normal glücklichen Eindruck auf dich. Warum hat Karl-Friedrich dir wohl diese Frage gestellt?
Hat er sich Sorgen um seinen Sohn gemacht? Er hat sich nie besonders für Johannes interessiert. So wusste er vermutlich auch nicht, dass die große Leidenschaft von Johannes das Theater ist. Er hat als Kind bereits leidenschaftlich gerne in Theatergruppen gespielt und du weißt, dass er viel lieber Theaterschauspieler als Apotheker oder Gewürzfabrikant geworden wäre. Dies hätten sein Vater und die Großmutter Walburga aber nie zugelassen.

Zum Schluss schreibt jeder auf, wen er für den Täter hält. Nach dem Dessert lösen wir den Fall gemeinsam auf. Dann werdet ihr ja sehen, ob genau und richtig ermittelt wurde.
Viel Spaß.

Irene von Staffelberg, erste Ehefrau des Verstorbenen

Aussage:
Ich bin Irene von Staffelberg und war vor gefühlten 100 Jahren die erste Ehefrau von Karl-Friedrich. Wir haben uns wirklich geliebt damals, aber dieser alte Drachen von Schwiegermutter hat mich damals regelrecht rausgemobbt. Heute würde ich mir das nicht mehr bieten lassen. Aber damals? Ich war blutjung und dieser Frau mit dem Herz aus Stein einfach nicht gewachsen.
Karl-Friedrich stand damals ständig zwischen uns; er war hin- und hergerissen.

Die Trennung war beinahe eine Erlösung, glauben Sie mir. Trotzdem ist der Kontakt nie abgerissen; es bestand eine Verbundenheit, die man kaum erklären kann. Aufgrund dieser Verbundenheit hat er auch immer sehr viel mehr Unterhalt gezahlt, als er musste. Ich glaube, es war ihm ein Bedürfnis, für mich zu sorgen.
Eine gewisse Eigenständigkeit brauche ich aber; ich bin ausgebildete Drogistin und habe somit einen Beruf gelernt, in welchem ich auch 10 Stunden pro Woche arbeite. Sie sehen, ich kann mich selbst ernähren und hätte Karli niemals etwas angetan.

Ach übrigens, Jackie: Ich finde es wirklich ziemlich schade, dass du den Sessel verschenkt hast.
Wäre es so schlimm gewesen, ihn mir zu überlassen? Ich hätte ihn sehr gerne in meine Wohnung gestellt, denn es hingen jede Menge Erinnerungen daran.

Hinweise Irene:

(bitte den Inhalt nach und nach geschickt für die Ermittlungen einsetzen)

Am Weihnachtsabend hat dir Monika von der bevorstehenden Testamentsänderung erzählt. Du hast Karl-Friedrich daher während des Fests kurz abgepasst und nach den Gründen gefragt. Er war sehr ärgerlich, dass du von seinen Plänen wusstest und ihr hattet eine lebhafte Diskussion. Warum er das Testament ändern wollte, hat er dir aber nicht gesagt.

Finanziell geht es dir gut: Du bist gelernte Drogistin und Drogenexpertin. Dabei bewegst du dich allerdings nicht im legalen Bereich; du hast in deinem Keller eine kleine Cannabis-Plantage angelegt. Es gibt viele Kranke, die kaufen Cannabis gegen Schmerzen bei dir. Einer deiner Kunden ist der Notar Arthur Seidemann; er kauft die Droge bei dir, weil er unter schmerzhafter Arthrose leidet.
Auch Frau Höhner kauft regelmäßig Cannabis für eine kranke Freundin aus deinen Beständen. Dies war auch der Inhalt des Päckchens, welches du ihr heute bei deiner Ankunft zugesteckt hast.
Drogen waren damals auch der Trennungsgrund für Karl-Friedrich. Du hattest dem Damenkränzchen deiner damaligen Schwiegermutter Walburga Cannabis-Plätzchen zum Kaffee serviert; die Folgen waren entsprechend. Danach hat deine Schwiegermutter keine Ruhe mehr gegeben, bis Karl-Friedrich sich von dir getrennt hat.
Das Tattoo auf deinem Rücken ist eines von vielen. Du hast es dir aus einer Laune heraus stechen lassen. Jackie hat sich sehr darüber geärgert, dies blieb dir nicht verborgen, denn die Botschaft war natürlich für Karl-Friedrich; dies weiß doch jeder hier. Du hättest viel darum gegeben, Karl-Friedrich zurückzuerobern, denn du warst damals wirklich glücklich

mit ihm.

Es ist dir aufgefallen, dass Johannes während der Weihnachtsfeier auffällig oft bei Jackie stand. Läuft da was zwischen den beiden? Vor ca. 6 Jahren hatte er schon einmal eine Affäre mit einer Nachbarin von dir. Das ging zwar nicht lange, aber du bist sicher, dass Caroline nichts davon weiß. Du solltest es gleich einmal ansprechen.

Aber auch der Hausarzt, Dr. Schaller, schaute am Weihnachtsabend sehr oft zu Jackie hinüber. Kennen die beiden sich näher? Ist Jackie Patientin bei ihm? Frage danach und beobachte die beiden.

Übrigens hatte auch die Hausdame, Frau Alice Höhner, vor 30 Jahren einmal eine Affäre mit Karl-Friedrich. Er ließ wirklich nichts aus. Schon seltsam, dass Frau Höhner die ganzen Jahre hier im Hause geblieben ist. Sie hat wirklich nur für Karl-Friedrich gelebt und sie kam auch ganz gut mit Walburga zurecht.

Als Drogistin weißt du: Digitalis lässt sich aus dem roten Fingerhut extrahieren, wer etwas Ahnung hat, kann sich dieses Gift selbst herstellen. Natürlich ist es auch als Medikament auf dem Markt und hoch dosiert tödlich.

Falls du danach gefragt wirst: Karl-Friedrich hat dir monatlich 1500,00 Euro Unterhalt gezahlt.

Zum Abschluss: Viele Jahre war Monika dein Feindbild Nr. 1; inzwischen aber magst du sie ganz gerne. Sie ist eine taffe Frau und hat seinerzeit auch sehr unter dem Schwiegerdrachen, also Karl-Friedrichs Mutter, gelitten.

Zum Schluss schreibt jeder auf, wen er für den Täter hält und später liest der Gastgeber die Auflösung vor. Dann werdet ihr ja sehen, ob genau und richtig ermittelt wurde. Viel Spaß.

Jacqueline von Staffelberg, aktuelle Ehefrau

Aussage:
Ich bin Jacqueline von Staffelberg, stamme aus der Normandie und war seit dem Sommer mit Karl-Friedrich verheiratet. Wir haben uns in Monte bei einem Autorennen kennengelernt; ich habe dort bei einem Rennstall als Hostess gearbeitet. Meinen Mann habe ich am I. Weihnachtstag morgens leblos aufgefunden. Wir hatten getrennte Schlafzimmer und zwar auf ausdrücklichen Wunsch von Karl-Friedrich. Daher kann ich leider nicht sagen, ob es ihm bereits in der Nacht schlecht ging. Gerufen hat er mich jedenfalls nicht, das hätte ich sicher gehört, da mein Zimmer gleich neben seinem liegt. Vor 14 Tagen ging es meinem Mann am Wochenende schon einmal sehr schlecht. Leider war ich nicht da, ich musste meine Mutter besuchen; sie ist vor einigen Jahren wegen ihrem zweiten Mann nach Wanne-Eickel gezogen. Inzwischen ist sie verwitwet und ich muss mich ab und zu bei ihr sehen lassen. Hat vielleicht damals schon jemand versucht, meinen Mann mit Gift umzubringen? Jedenfalls war er seit diesem Wochenende sehr seltsam – irgendwie nachdenklich und in sich gekehrt. Ich kam nicht mehr richtig an ihn ran. Deshalb habe ich heute Abend auch den grünen Smaragd getragen, den er mir zur Hochzeit geschenkt hat. Ich wollte ihn damit an unseren schönsten Tag erinnern!
Und um mit den Gerüchten aufzuräumen: Nein, ich bekomme kein Kind von Karl-Friedrich. Wohlmöglich war aber das Baby-Gerede unter dem Weihnachtsbaum der Auslöser für die Tat? Dies wäre ja ein grässlicher Gedanke. Sonst fällt mir nichts Wichtiges ein. Oder vielleicht noch das: Karl-Friedrich war in letzter Zeit häufiger auf der Insel Sylt. Ich glaube, er wollte uns in Kampen ein kuscheliges kleines Landhaus kaufen. Entsprechende Unterlagen habe ich vor kurzem im Büro liegen sehen. Ich habe aber nichts gesagt, weil ich ihm die

Überraschung für mich nicht verderben wollte. Eigentlich hatte ich Weihnachten mit einer Urkunde in dieser Richtung gerechnet. Naja, vielleicht hat er noch nichts Geeignetes gefunden. Ich wäre sofort mit ihm dorthin gezogen. Die Luft ist so gut da und Hamburg mit seinen tollen Geschäften ist ja mit dem Porsche echt ein Katzensprung!

Hinweise Jacqueline:
(bitte den Inhalt nach und nach geschickt für die Ermittlungen einsetzen)

Wer hat der Polizei den Hinweis gegeben, der zur Obduktion führte? Frage den Kommissar danach.

Brisant:
Du hast seit einiger Zeit ein Verhältnis mit dem Hausarzt, Dr. Schaller. Vor 14 Tagen warst du nicht in Wanne-Eickel bei deiner Mutter, sondern hast mit dem Doktor ein romantisches Wochenende in Paris verbracht. Der Doktor hat sich offensichtlich total in dich verliebt, denn er machte dir während der Reise auf dem Eiffelturm tatsächlich einen Heiratsantrag. Auch, wenn das sehr romantisch war: Du konntest den Antrag *natürlich nicht annehmen*. Eine Scheidung kam für dich nicht in Frage und das hast du Stefan auch klar und deutlich gesagt. Du hattest deinen Mann wirklich sehr gerne und das Leben mit ihm in vollen Zügen genossen!

Karl-Friedrich war seit diesem Wochenende recht seltsam; du hast die Befürchtung, dass er von deinem Verhältnis irgendwie erfahren hat, denn er ging dir aus dem Weg.

Karl-Friedrich hat mit seiner ersten Frau Irene auf der Weihnachtsparty heftig diskutiert. Leider weißt du nicht, um was es ging. Die zweite Frau, Monika, hat zwischendurch plötzlich einen Schwächeanfall erlitten. Was war da los?

Und was war das für eine Überraschung, die Arthur angeblich bekannt geben wollte? Du hast den ganzen Abend darauf gewartet, aber er hat nichts gesagt. Frage Monika und Arthur einmal danach.

Das Tattoo auf Irenes Rücken ist eine Geschmacklosigkeit. Du hast dich sehr darüber geärgert. Was will sie damit sagen?

Außerdem wichtig:
Auf der Weihnachtsparty hat Johannes immer wieder deine Nähe gesucht. Natürlich wollte er wissen, ob du schwanger bist. Du hast ihn im Unklaren darüber gelassen.

Vor einigen Wochen hast du Johannes auf der Reeperbahn in Hamburg gesehen.
Du warst mit deiner Mutter da; sie wollte einmal im Leben über die Reeperbahn gehen und du hast ihr den Gefallen getan. Johannes stand an einem Nachmittag dort mit einigen Leuten vor einem Theater und schien viel Spaß zu haben. Was hat er dort gemacht? Sprich ihn darauf an.

Karl-Friedrich war in den letzten Monaten oft auf Sylt; er fuhr meist ohne dich dorthin. Es war dir nicht unrecht so; auf diese Weise hattest du mehr Zeit für Dr. Schaller. Du fragst dich allerdings trotzdem, was dein Mann auf Sylt gemacht hat. Ein Haus, wie von dir gehofft, hat er anscheinend nicht gesucht.

Walburga von Staffelberg, Karl-Friedrichs Mutter, ist vor einigen Jahren bei einem Treppensturz hier im Haus ums Leben gekommen. Sie war in der Familie nicht sehr beliebt. Karl-Friedrich sprach nie über sie. Das Porträtgemälde von ihr in der Diele aber durftest du nicht abnehmen, obwohl du es scheußlich findest.

Arbeitet alle Fakten nacheinander ab, dann seid ihr sicher einen großen Schritt weiter auf der Suche nach dem Mörder.

Zum Schluss schreibt jeder auf, wen er für den Täter hält und später liest der Gastgeber die Auflösung vor. Dann werdet ihr ja sehen, ob genau und richtig ermittelt wurde. Viel Spaß.

Caroline von Staffelberg, Schwiegertochter des Verstorbenen

Aussage:

Ich bin Caroline von Staffelberg, die Schwiegertochter des Verstorbenen, 35 Jahre alt und von Beruf Apothekerin. Meinen verstorbenen Schwiegervater mochte ich sehr und habe ihn schon gekannt, bevor ich meinen Mann kennenlernte. Karl-Friedrich hat damals mit einer einmaligen Zahlung die Stiftung unterstützt, in der ich noch heute ehrenamtlich tätig bin. Ein Jahr später lernte ich Johannes kennen und traf Karl-Friedrich wieder. Seine Qualitäten als Vater waren mäßig und ich weiß, dass mein Mann keine glückliche Kindheit hatte. Aber als Mensch war Karl-Friedrich einfach famos; zu allen immer sehr freundlich und großzügig. Allein die Tatsache, dass er zu Weihnachten jedes Jahr alle Exfrauen einlud und dafür sorgte, dass sich alle gut verstehen, spricht doch für ihn. Auch die großzügigen Unterhaltszahlungen, zu denen er nicht verpflichtet war, sprechen doch absolut für ihn. Ich kann mir gar nicht vorstellen, wer ihm so was angetan haben sollte. Johannes und ich hatten sicher keinen Grund, ihm nach dem Leben zu trachten. Warum hätten wir das tun sollen?

Hinweise Caroline:
(bitte den Inhalt nach und nach geschickt für die Ermittlungen einsetzen)

Johannes´ Leidenschaft ist das Theater. Er wollte als junger Mann gerne Theaterschauspieler werden und träumt heute noch davon. Sein Vater und die Großmutter Walburga hätten dies aber niemals erlaubt; dieser Beruf war nicht standesgemäß für einen "von Staffelberg". Also hat Johannes Pharmazie studiert. Während des Studiums habt ihr euch auch kennengelernt.

Wie bereits erwähnt, kanntest du Karl-Friedrich schon, bevor du deinen Mann Johannes kennengelernt hast. Was Johannes aber nicht weiß: Du hattest zu dieser Zeit eine Affäre mit Karl-Friedrich. Diese dauerte nicht lange; es war aber eine schöne Zeit.

In den Unterlagen deines Schwiegervaters hast du heute einen Schuldschein gefunden. Der Notar Arthur Seidemann schuldete Karl-Friedrich 200.000 Euro. Diese waren am Montag zur Rückzahlung fällig.
Könnte hier ein Motiv liegen? Hätte Arthur zahlen können? Und wieso musste er sich überhaupt Geld leihen? Er hat doch eine gut frequentierte Kanzlei. Erzähle den anderen davon.

Karl-Friedrich hat vor 14 Tagen am Wochenende bei euch zu Hause angerufen. Es ging ihm nicht gut und er konnte seinen Hausarzt Dr. Schaller nicht erreichen. Dein Mann war an diesem Wochenende, wie er vorgab, zu einem Klassentreffen gereist und auch nicht greifbar. Daher hast du deinem Schwiegervater ein Medikament in die Villa gebracht. Er hatte sich wohl nur den Magen verdorben.
Karl-Friedrichs Frau Jackie war an diesem Wochenende ebenfalls verreist; sie besuchte ihre Mutter in Wanne-Eickel. Du hattest den Eindruck, dass Karl-Friedrich dies bezweifelte; er hat dir mit sehr ironischem Unterton von dieser Reise nach Wanne-Eickel berichtet und auch sehr genau nachgefragt, wo denn dein Mann Johannes sei. Auch am Weihnachtsabend ist Karl-Friedrich seltsam kühl mit seiner jungen Frau umgegangen; dies war unübersehbar.

Ein paar Tage nach diesem Wochenende hat ein ehemaliger

Klassenkamerad von Johannes angerufen und gefragt, warum dieser nicht zum Klassentreffen gekommen ist. Du hast Johannes noch nicht drauf angesprochen, weil du hoffst, er erzählt dir von selbst, was los ist und wo er wirklich war.

Eure Ehe, so dachtest du zumindest, ist gut. Vor 6 Jahren hattet ihr mal eine Krise, aber diese schien überwunden. Allerdings: Johannes ist in letzter Zeit häufig unterwegs und nutzt Ausreden. Außerdem erscheint er dir momentan so beschwingt und glücklich. Ob er eine Geliebte hat? Frage ihn danach, damit du endlich Klarheit hast.

Johannes hat dir zu Weihnachten Theaterkarten für das Stück „Wer hat Angst vor Virginia Woolf" geschenkt. Es wird in Hamburg in einem Theater auf der Reeperbahn aufgeführt. Wie er ausgerechnet auf dieses Theater und Stück kommt, ist dir schleierhaft. Aber du wirst natürlich gerne mit ihm hingehen.

Walburga, die Großmutter von Johannes, war ein Drachen. Du bist ihr möglichst aus dem Weg gegangen. Sie starb vor einigen Jahren hier im Haus nach einem Treppensturz.

Als Apothekerin weißt du:
Digitalis lässt sich aus dem roten Fingerhut extrahieren, wer etwas Ahnung hat, kann sich dieses Gift selbst herstellen. Es ist allerdings auch als Medikament auf dem Markt und hoch- oder falsch dosiert tödlich.

Zum Schluss schreibt jeder auf, wen er für den Täter hält und später liest der Gastgeber die Auflösung vor. Dann werdet ihr ja sehen, ob genau und richtig ermittelt wurde. Viel Spaß.

Johannes von Staffelberg, der Sohn des Verstorbenen

Aussage:
Ich bin Johannes von Staffelberg und ebenso wie meine Frau Caroline, Apotheker von Beruf. Ich gebe zu, dass ich ein eher angespanntes Verhältnis zu meinem Vater hatte. Nachdem ich ihm vor Jahren erklärt habe, dass ich kein Interesse an der Gewürzfabrik habe und Pharmazie studieren wolle, hat sich unser eh schon nicht sehr inniges Verhältnis weiter abgekühlt. Das kommt natürlich nicht von ungefähr. Er hat sich nie besonders für mich interessiert und sein schlechtes Gewissen immer mit Geldgeschenken beruhigt. Ich wurde als Kleinkind von verschiedenen Nannys und seit meinem zehnten Lebensjahr in einem Internat in der Schweiz erzogen. Mit Kindern hatte er einfach nichts am Hut. Als mein Vater in Monte Carlo seine dritte Ehefrau Jackie geheiratet hat, ohne uns einmal darüber vorab zu informieren oder gar zur Hochzeit einzuladen, ist unsere Beziehung auf dem Tiefpunkt angelangt. Dies ist aber sicher kein Motiv, meinen Vater zu töten. Und falls Sie auf die Finanzen anspielen: Finanziell geht es Caro und mir sehr gut! Wir haben 3 Apotheken, die allesamt gut laufen.

Die Ankündigung, dass sich nächstes Jahr einiges ändern würde, die hat mich schon verwundert, aber ehrlich gesagt nicht besonders beunruhigt. Mein Vater lebte sein Leben und wir das unsere. Er hätte von mir aus nach Sylt, New York oder Posemuckel ziehen können; für uns hatte das keine Bedeutung.

Hinweise Johannes:
(bitte den Inhalt nach und nach geschickt für die Ermittlungen einsetzen)

Deine Mutter hat dir während der Weihnachtsfeier erzählt, dass dein Vater sein Testament zu euren Ungunsten ändern wollte. Daher war dies eben für dich keine Überraschung. Am Montag nach der Weihnachtsparty wollte er das neue Testament unterschreiben. Woher hatte deine Mutter diese vertrauliche Information? Du hast deinen Vater am Weihnachtsabend mit der Aussage deiner Mutter konfrontiert; er war verärgert, dass du es wusstest. Eine Begründung hat er dir nicht geliefert.

Du hast am Abend versucht von Jackie zu erfahren, ob sie nun schwanger ist oder nicht. Aber auch hier konntest du nichts in Erfahrung bringen. Jackie hüllte sich in vornehmes Schweigen.

Dein großer Traum war es immer, Theaterschauspieler zu werden; dies haben dein Vater und deine bereits verstorbene Großmutter Walburga aber nicht zugelassen. Also hast du Pharmazie studiert und so auch Caroline kennengelernt. Seit ein paar Monaten aber spielst du heimlich an einem Theater auf der Reeperbahn. Bisher weiß niemand davon; du trittst nur zweimal pro Woche auf und hast dies bis heute geheim gehalten. Das Stück heißt „Wer hat Angst vor Virginia Woolf" und du spielst die Martha. Wenn dein Vater erfahren hätte, dass du Theater spielst und noch dazu eine Frauenrolle übernommen hast, er wäre entsetzt gewesen. Daher hast du beschlossen, es zunächst niemandem zu sagen. Allerdings hast du Caroline zu Weihnachten Theaterkarten für das Stück geschenkt; du wolltest sie damit überraschen, dass du auf der Bühne stehst.

Deine Ehe: Egal, was dir und Caroline heute unterstellt wird, ihr führt eine gute Ehe. Bis auf einen kleinen Seitensprung vor 6 Jahren warst du deiner Frau immer treu. Langfristig willst du dich auch den Apotheken zurückziehen und ganz ans Theater wechseln.

Vor 14 Tagen ging es deinem Vater schlecht. Leider konnte er Dr. Schaller an diesem Wochenende nicht erreichen. Du selbst warst auch nicht zu Hause, sondern am Theater. Caroline hast du erzählt, du wärst bei einem Klassentreffen, aber du warst in Hamburg und hast vor ausverkauftem Haus gespielt. Deine Frau ist daher in die Villa gefahren und hat deinen Vater mit Tabletten versorgt. Er hatte sich wohl den Magen verdorben. Sorgen hast du dir um deinen Vater aber nicht gemacht. Er strotzte doch geradezu vor Gesundheit! Von Bluthochdruck oder anderen Krankheiten war dir bisher nichts bekannt. Frage Dr. Schaller, seit wann dein Vater unter den von ihm eben geschilderten Krankheiten litt. (Bluthochdruck, erhöhtes Cholesterin)

Irene: Sie ist Drogistin und mittlerweile als eine Art Kräuterhexe in der Stadt bekannt. Du hast von Kunden der Apotheke gehört, dass sie sehr wirkungsvolle Kräuter gegen Schmerzen einsetzt und verkauft. Du hast Arthurs Wagen vor ein paar Wochen vor Irenes Haus stehen sehen; Arthur leidet sehr unter Arthrose. Lässt er sich von Irene behandeln oder kauft er Schmerzkräuter bei ihr? Und wenn dem so ist: Welche Art Kräuter sind das? Als Pharmazeut ist dies sehr interessant für dich.

Als Apotheker weißt du:
Digitalis lässt sich aus dem roten Fingerhut extrahieren, wer etwas Ahnung hat, kann sich dieses Gift selbst herstellen. Es ist allerdings auch als Medikament auf dem Markt und hoch

oder falsch dosiert, tödlich.

Deine Großmutter Walburga hatte hier im Haus zeitlebens das Regiment; auch dein Vater konnte sich nie gegen seine Mutter durchsetzen. Alle Frauen im Haus haben sehr unter Walburga gelitten. Sie starb vor Jahren nach einem Treppensturz hier im Haus. Die liebe Frau Höhner hat sie damals tot am Treppenabsatz aufgefunden.

Pass gut auf, was heute Abend ausgesagt wird. Vielleicht fällt dir ja etwas auf, womit dieser Fall gelöst werden kann.

Zum Schluss schreibt jeder auf, wen er für den Täter hält und später liest der Gastgeber die Auflösung vor. Dann werdet ihr ja sehen, ob genau und richtig ermittelt wurde. Viel Spaß.

Dr. Stefan Schaller, Hausarzt des Verstorbenen

Aussage:
Ich bin Stefan Schaller, Doktor der Medizin, 38 Jahre alt, unverheiratet und habe eine Praxis in der Stadt. Karl-Friedrich von Staffelberg war seit einiger Zeit mein Patient. Er neigte dazu, sein Alter zu ignorieren und war immer sehr unvorsichtig. Ich denke, ich kann nun, auch ohne die ärztliche Schweigepflicht zu verletzen, sagen, dass er seit Jahren unter Bluthochdruck litt; außerdem hatte er erhöhte Cholesterinwerte. Ich habe ihm mehrfach geraten, etwas kürzer zu treten, was er aber leider nicht beherzigte.

Als ich am Morgen nach der Weihnachtsfeier zu ihm gerufen wurde, konnte ich nur noch seinen Tod feststellen. Meine Diagnose war Tod durch Herzversagen und ich hatte bis eben keinen Zweifel, dass dies nicht richtig sein könnte. Es gab keine Hinweise auf eine unnatürliche Todesursache. Da ich den Verstorbenen nicht beerbe, habe ich wohl kaum ein Motiv. Natürlich stehe ich für Auskünfte gerne zur Verfügung und falls jemand der Anwesenden aufgrund des Schocks ein Stärkungsmittel benötigt, kann er sich gerne an mich wenden.

Hinweise Dr. Stefan Schaller:
(bitte den Inhalt nach und nach geschickt für die Ermittlungen einsetzen)

Lieber Hausarzt, wir sagen es dir gleich: Du bist heute Abend unser Mörder. Als du in die Villa gerufen wurdest, wusstest du schon, was dich erwartet, denn du hast Karl-Friedrich von Staffelberg in der Nacht das tödliche Gift in den Whisky gegeben.
Dein Motiv ist die Liebe! Seit Wochen hast du ein Verhältnis

mit Jacqueline. Vor 14 Tagen warst du mit ihr für ein romantisches Wochenende in Paris. Dir wurde während dieser kurzen Reise klar, dass du nicht länger ohne sie leben willst und hast ihr auf dem Eiffelturm einen Heiratsantrag gemacht. Diesen hat sie, sehr zu deinem Kummer, abgelehnt. Sie wollte keine Scheidung. Daraufhin war dir klar, dass du etwas unternehmen musstest. Schließlich war Karl-Friedrich kerngesund und hätte vermutlich noch lange gelebt. Mit einer Obduktion hast du nicht gerechnet.

Wichtig:
Als ihr in Paris ward, hat Karl-Friedrich versucht, dich telefonisch zu erreichen. Du hattest seinen Anruf auf dem Anrufbeantworter; er fühlte sich unwohl. Es kann sein, dass du heute Abend gefragt wirst, wo du vor 14 Tagen gewesen bist. Überlege dir beizeiten eine schlüssige Antwort.
(Ärztekongress – Kommilitonen treffen – Weiterbildung – es gibt sicher viele Möglichkeiten)

Womit du Verwirrung schaffen kannst:
Auch Johannes, der Sohn von Karl-Friedrich, war an diesem besagten Wochenende verreist. Man kann daher auch auf die Idee kommen, dass Jackie mit dem Sohn liiert ist. Lanciere diesen Verdacht geschickt, dann hast du eine reelle Chance, gut aus der Sache herauszukommen.

Und noch etwas kann dir helfen:
Die Schwiegertochter hatte vor ihrer Ehe mit Johannes auch ein Verhältnis mit Karl-Friedrich. Das hat er dir einmal bei einem Glas Wein erzählt. Sprich das an, denn diese Aussage wird für Erstaunen bei den anderen sorgen und die Glaubwürdigkeit der Schwiegertochter erschüttern. Ihr Ehemann hat dies bestimmt auch nicht gewusst und alles, was zusätzliche Verwirrung schafft, kann dir nur nützen.

Arthur Seidemann war bis vor einem halben Jahr Schmerzpatient bei dir. Er leidet unter einer schmerzhaften Arthrose. Heute erschien er dir völlig schmerzfrei. + Frag ihn einmal, wo er jetzt behandelt wird und warum er nicht mehr zu dir kommt. Lass dich nicht einfach abwimmeln, sondern bohre solange nach, bis er dir eine glaubhafte Antwort gegeben hat.

Den Bücherschrank, den du nun erben wirst, hast du tatsächlich einmal bewundert. Allerdings war dies eher ein Akt der Höflichkeit. Du kannst ihn weder in deiner Praxis, noch in deiner Wohnung aufstellen. Es ist ein wirklich imposantes Möbelstück. Frage doch einmal, ob du ihn nicht einfach in der Villa belassen kannst und lehne das Erbe ab.

Bitte lege auf keinen Fall ein Geständnis ab.
Zum Schluss schreibt jeder auf, wen er für den Täter hält und später liest der Gastgeber die Auflösung vor. Dann werdet ihr ja sehen, ob genau und richtig ermittelt wurde. Viel Spaß.

Frau Alice Höhner, Hausdame im Hause von Staffelberg

Aussage:

Mein Name ist Alice Höhner. Ich bin seit 30 Jahren die Empfangsdame hier im Hause und habe auch noch die Mutter von Herrn von Staffelberg gekannt. Natürlich sind mir auch alle drei Ehefrauen bekannt. In die erste war er damals sehr verliebt, aber sie passte seiner Mutter nicht und wurde schließlich systematisch von ihr rausgeekelt. Die zweite hat ihm zwar den Sohn geboren, gestillt hat diese Tatsache seinen Hunger nach neuen Frauenbekanntschaften aber nicht. Wer damals wen verlassen hat, kann ich gar nicht mehr genau sagen, jedenfalls war die Ehe irgendwann auch im Eimer. Dann kamen unzählige Affären, bis er vor Monaten mit Jackie eine neue Ehefrau mitbrachte. Diese ist ja erst kurz hier im Haus, ich kann nicht viel zu ihr sagen. Sie ist aber natürlich viel zu jung für einen 70-jährigen Herren und sie ist eine sehr lebenshungrige junge Frau. Sie stand während der Weihnachtsfeier viel mit dem Sohn herum. Was sie gesprochen haben, weiß ich nicht. Die Ehefrauen Nr. 1 und 2 waren nach dem Essen nur noch mäßig gelaunt. Die zweite Ehefrau hat's irgendwann von den Füßen gehauen, jedenfalls lag sie plötzlich im Flur und der Doktor musste sich um sie kümmern.

Vielleicht ist das noch wichtig:

Herr von Staffelberg wollte im kommenden Jahr nach Sylt ziehen, das hat er mir noch vor Weihnachten gesagt. Er hat mich gefragt, ob ich mitkommen wolle. Ich habe gesagt, dass ich darüber nachdenken werde. Tja, meine Damen, wenn ich es richtig überdenke, bin eigentlich ich die Frau seines Lebens gewesen, denn ich bin wirklich die einzige, die 30 Jahre mit ihm in einem Haus gelebt und so ziemlich alles mit ihm durchgestanden hat.

Hinweise Alice:

(bitte den Inhalt nach und nach geschickt für die Ermittlungen einsetzen)

Auch du selbst hattest einmal eine Affäre mit Karl-Friedrich, aber das ist schon 30 Jahre her. Du hattest hier den idealen Job und eine angenehme Arbeit. Deshalb bist du auch nach eurer Beziehung geblieben.

Sein plötzlicher Herztod kam dir sehr seltsam vor; er war ja eigentlich quietschgesund.

Du hast daher die Staatsanwaltschaft informiert und den Fall so ins Rollen gebracht.

Wichtig:

Irene verkauft heimlich Cannabis. Sie hat dir heute erneut etwas davon mitgebracht. Du gibst es immer einer schwerkranken Freundin weiter, die damit ihre Schmerzen im Griff hat. Dies war das Paket, das du bei der Begrüßung von Irene in Empfang genommen hast.

Die Ehe von Irene und Karl-Friedrich endete damals mit einem handfesten Skandal. Irene hatte dem Damenkränzchen von Frau Walburga von Staffelberg (Mutter von Karl-Friedrich) Drogenkekse serviert. Na, da war was los in der Villa. Die alten Damen sind über Tische und Bänke gesprungen und Frau von Staffelberg Senior hat danach alles darangesetzt, Irene loszuwerden.

Auch Monika hatte sehr unter Walburga von Staffelberg zu leiden. Monika ist eine tolle Geschäftsfrau und wollte damals, als Johannes ins Internat wechselte, gerne mit in der Gewürzfabrik arbeiten. Frau von Staffelberg Senior hat dies verhindert und kurze Zeit später zerbrach auch diese Ehe.

Alle haben unter Walburga gelitten, so auch du. Sie wurde im Alter immer ungerechter und herrischer. Eines Tages hat sie dir unterstellt, zu stehlen. Sie hat dir lautstark eine Szene gemacht und dich tätlich angegriffen. Es kam oben am Treppenabsatz zu einem Gerangel und die alte Dame stürzte die Treppen hinunter und starb. Karl-Friedrich war auch im Haus und kam sofort dazu. Er hat dir keinen Vorwurf gemacht und niemals ein Wort darüber verloren. Er war einfach nur froh, dass seine Mutter nun keinen Einfluss mehr auf sein Leben haben würde. Dies war ein großes Geheimnis zwischen Karl-Friedrich und dir und niemand hier am Tisch weiß davon. Du kannst es für dich behalten oder auch erzählen; dies überlasse ich dir. Rein strafrechtlich kann hier nichts mehr auf dich zukommen; es handelte sich um einen Unfall.

Johannes war als Kind in einer Theatergruppe. Er spielte sehr gut; du warst damals auf vielen Aufführungen. Spielt er euch hier heute Abend auch etwas vor? Das Talent dazu hätte er.

Höre genau hin, wenn die anderen ihren Vorstellungstext vorlesen oder Aussagen machen. Der Mörder sitzt mit am Tisch, soviel ist sicher. Es könnte auch ein Mordkomplott sein, mit mehreren Tätern. Nichts ist ausgeschlossen.

Zum Schluss schreibt jeder auf, wen er für den Täter hält und später liest der Gastgeber die Auflösung vor. Dann werdet ihr ja sehen, ob genau und richtig ermittelt wurde. Viel Spaß.

Henry Kragenberg, Kommissar

Aussage:

Ich bin Hauptkommissar Henry Kragenberg von der Mordkommission.

Im Todesfall Karl-Friedrich von Staffelberg hat die Staatsanwaltschaft aufgrund eines Hinweises eine Obduktion angeordnet. Diese hat ergeben, dass Herr von Staffelberg tatsächlich vergiftet wurde.

Die Zeitberechnung ergab, dass er das Gift gegen 23:30 Uhr in der Nacht zu sich genommen hat; er wurde also während der Weihnachtsparty vergiftet und zwar mit einer Überdosis Digitalis. Das Gift befand sich wohl in einem Scotch-Whisky. Leider konnten durch die zeitverzögerte Feststellung des Verbrechens keine Gläser mehr sichergestellt werden. Frau Höhner, die Hausdame, sagte allerdings bereits aus, dass der Verstorbene jeden Abend vor dem Schlafengehen einen Scotch-Whisky trank. Sie hat das Glas gegen 23:00 Uhr für den Hausherrn fertig gemacht und bereitgestellt, weil sie danach Feierabend gemacht hat. Dies lässt nur einen Schluss zu: Einer von Ihnen muss der Täter sein.

Ich bitte um Ihre Mithilfe, um dieses scheußliche Verbrechen aufzuklären.

Und den Herrn Notar bitte ich um Einsicht in das Testament, denn ich muss natürlich wissen, wer vom Ableben des Herrn von Staffelberg profitiert hat.

Vielen Dank.

Hinweise Henry:
(bitte den Inhalt nach und nach geschickt für die Ermittlungen einsetzen)

Dein Pathologe hat dir erklärt:
Digitalis lässt sich aus der roten Fingerhut-Pflanze extrahieren; wer also etwas Ahnung hat, kann dieses Gift selbst herstellen.

Der Tipp, diesen Todesfall genau zu untersuchen, kam von Frau Alice Höhner, der Hausdame.

Die Kernfrage ist:
Wer hat ein Motiv für die Tat?

Bedenke: Die meisten Morde sind Beziehungstaten und geschehen aus Geldgier, Liebe oder Hass.

Wer wusste von der geplanten Testamentsänderung?
Was hätte ein weiteres Baby für die Erben bedeutet?

Außerdem:
Von Frau Höhner weißt du inzwischen, dass Karl-Friedrich hinter jedem Rock her war. Obwohl er schon 70 Jahre alt war, hat er einfach keine Ruhe gegeben. Man munkelt allerdings, dass die junge Ehefrau Jackie auch kein Kind von Traurigkeit war.

Wichtig:
Heute hat ein Herr Sven Södermann auf dem Revier angerufen und sich auffallend nach den Todesumständen von Karl-Friedrich von Staffelberg erkundigt.
Wer ist Sven Södermann? Was kann er mit diesem Fall zu tun haben? Frage die Anwesenden, ob ihn jemand kennt.

Dir ist durch das Personal zu Ohren gekommen, dass Karl-Friedrich von Staffelberg am Abend der Weihnachtsparty eine Auseinandersetzung mit dem Notar hatte. Frag den Notar, um was es ging.

Es gab hier im Haus schon einmal einen Todesfall; damals ist Frau Walburga von Staffelberg, die Mutter des jetzt Ermordeten, bei einem Unfall ums Leben gekommen. Sie stürzte eine Treppe herunter und starb an den Folgen. Die Ermittlungen wurden allerdings eingestellt. Im Haus befanden sich zum Unfallzeitpunkt nur die Hausdame, Frau Höhner und Karl-Friedrich von Staffelberg. Es gab keine Zeichen für ein Fremdverschulden. Frage Frau Höhner noch einmal nach den genauen Umständen seinerzeit.

Stelle Fragen und notiere die Antworten. Wenn dir jemand verdächtig vorkommt, stelle die gleiche Frage ein paar Minuten später noch einmal und beobachte, ob sich der Verdächtige in Widersprüche verwickelt. Der Mörder sitzt mit am Tisch, soviel ist klar.

Zum Schluss schreibt jeder auf, wen er für den Täter hält und später liest der Gastgeber die Auflösung vor. Dann werdet ihr ja sehen, ob genau und richtig ermittelt wurde. Viel Spaß.

Unabhängiger Beobachter
(Bitte als letzter in der Runde laut vorlesen.)

Ich nehme als Sonderermittler an dieser Runde teil.

Dies ist insofern von Vorteil, als dass ich sehr genau hinhören und aufpassen kann, denn ich bin nicht so befangen wie alle anderen am Tisch.

Der Täter muss sich also drauf gefasst machen, dass ich die Person bin, vor der er sich am meisten in Acht nehmen muss.

Ich werde sehr genau darauf achten, was die einzelnen Personen aussagen und ich bin sicher, dass ich dem Mörder auf die Spur kommen werde.

Hinweise Beobachter:
(bitte den Inhalt nach und nach geschickt für die Ermittlungen einsetzen)

Du bist der einzige am Tisch, der den Kopf frei hat und sich nicht mit eigenen Motiven und dergleichen beschäftigen muss.

Fast alle am Tisch haben größere und kleinere Geheimnisse und genau diese gilt es, heraus zu finden.

Oft gehen gute Ermittlungsansätze im Gespräch unter, weil neue Vorwürfe laut werden und das bereits Gesprochene in Vergessenheit gerät.

Höre also genau hin und versuche, jeder Aussage wirklich auf den Grund zu gehen.
Fertige Notizen an, wenn du etwas wichtig erachtest.

Bedenke:
Viele Morde sind Beziehungstaten und geschehen aus Eifersucht oder verschmähter Liebe. Aber auch die Gier oder der Neid darf als Motiv nicht unterschätzt werden.

Der springende Punkt ist: Wer hatte wirklich ein Motiv für die Tat und wer hatte die Gelegenheit?

Zum Schluss schreibt jeder auf, wen er für den Täter hält und später liest der Gastgeber die Auflösung vor. Dann werdet ihr ja sehen, ob genau und richtig ermittelt wurde. Viel Spaß.

Auflösung: Plötzlich und erwartet

Lassen Sie diesen Text bitte nach den Ermittlungen von Henry Kragenberg, dem Kommissar, vorlesen:

Karl-Friedrich von Staffelberg war kein Kind von Traurigkeit. Alle der anwesenden Damen hatten einmal eine intime Beziehung mit dem Fabrikanten, einschließlich Frau Höhner, der Hausdame – aber alle der anwesenden Damen hielten auch sehr große Stücke auf diesen Mann. Keine hat ein böses Wort über ihn gesagt; er muss schon ein besonderer Mensch gewesen sein und es sieht so aus, als hätten ihn alle sehr gemocht.

Wer hätte also ein Motiv gehabt, ihm etwas anzutun? Wenn wir das Motiv finden, finden wir auch den Täter.

Die meisten Morde werden aus Gier, Hass oder Liebe begangen. Schauen wir mal, ob eines dieser Motive passen könnte und was man heute Abend ermitteln konnte:

Hat irgendjemand hier den Fabrikanten so sehr gehasst, dass er ihn töten wollte? Ich glaube nicht. Es ist kein entsprechender Sachverhalt zur Sprache gekommen; das Motiv HASS können wir also vernachlässigen.

Werfen wir einen Blick auf die Motive GIER oder auch GELD: Der Notar, Arthur Seidemann, hatte Schulden bei Karl-Friedrich und seit einiger Zeit eine Beziehung mit Monika, der Ehefrau Nr. 2. Leider hat er ihr gegenüber ausgeplaudert, dass Karl-Friedrich am Montag nach Weihnachten sein Testament zu Ungunsten der Familie ändern wollte. Monika hat es nicht, wie versprochen, für sich behalten, sondern es auf der Weihnachtsfeier ihrem Sohn Johannes und Irene erzählt.

Verdächtigen Sie Arthur nun, weil er das Geld nicht rückzahlen konnte? Das wäre kein besonders stichhaltiges Motiv. Karl-Friedrich hatte Arthur zugesagt, dass er sich mit der Rückzahlung Zeit lassen kann. Und außerdem war ja der

Schuldschein vorhanden; diesen hat Caroline ja auch gefunden. Die Schulden sind also mit dem Tod des Kreditgebers nicht getilgt und wie die Erben sich in Punkto Schuldenrückzahlung verhalten würden, weiß Arthur nicht. Insofern wäre es ihm sicher lieber gewesen, die Schulden weiterhin bei Karl-Friedrich direkt zu haben.

Kommen wir zu der Änderung des Testamentes. Davon betroffen gewesen wären alle 3 Ehefrauen und der Sohn Johannes.

Jackie wusste nichts von der Testamentsänderung. Niemand hat es ihr am Weihnachtsabend gesagt; sie war völlig ahnungslos und hat somit kein Motiv, ihren Mann am Weihnachtsabend umzubringen. Und warum hätte sie eine solche Tat auch ausgerechnet am Weihnachtsabend begehen sollen? Dies ergibt keinen Sinn.

Bleiben der Sohn Johannes und die Ex- Ehefrauen Irene und Monika.

Wie wir wissen, starb Karl-Friedrich an einer Überdosis Digitalis.

Wer von diesen 3 Personen ist überhaupt in der Lage, Digitalis zu besorgen oder herzustellen?

Monika sicher nicht. Wie sollte sie an ein so stark wirkendes Gift kommen? Sie hat auch keinerlei pharmazeutische Kenntnisse und wäre wohl kaum in der Lage, das Gift selbst aus der Fingerhutpflanze zu gewinnen. Monika ist also entlastet.

Herstellen können es aber der Sohn als Apotheker und vielleicht auch Irene, die Drogistin.

Diese beiden haben aber erst während der Weihnachtsparty erfahren, dass die Testamentsänderung für Montag geplant ist. Digitalis in dieser Dosierung schleppt man nicht einfach im Handgepäck mit herum.

Johannes und Irene hatten am Abend selbst keine Gelegenheit mehr, ein so starkes Gift zu besorgen. Die Villa liegt länd-

lich, also weitab der Stadt. Dies wissen Sie aus der Vorge-
schichte und niemand hat die Feier für längere Zeit verlassen.
Am Weihnachtsabend trat auch kurz das Gerücht auf, Jacqueline könne ein Baby von Karl-Friedrich erwarten.
Die Aussicht auf ein weiteres Baby mag ja für kurze Aufregung bei dem einen oder anderen gesorgt haben, aber auch
hier greift die gleiche Argumentation:
Von einer eventuellen Schwangerschaft von Jacqueline haben alle ebenfalls erst am Weihnachtsabend erfahren. Niemand konnte noch rasch das Gift besorgen. Und wäre in diesem Fall nicht auch eher Jacqueline vergiftet worden? Nein,
ein weiteres Baby war sicher auch nicht das Motiv.
Verdächtigen Sie wohlmöglich Frau Höhner, die Hausdame?
Sie hatte ja vor 30 Jahren eine Affäre mit Karl-Friedrich und
war der Familie immer treu zu Diensten. Haben Sie ermittelt,
dass Frau Höhner eine Rangelei mit Walburga von Staffelberg
hatte, diese dann die Treppen herabstürzte und verstarb? Ja,
so war das damals. Karl-Friedrich kam sofort dazu und hat
dafür gesorgt, dass nie ein Wort darüber an die Öffentlichkeit
kam. Er hat Frau Höhner damals geschützt und sie hat ganz
bestimmt kein Motiv, Karl-Friedrich umzubringen. Außerdem
hat sie der der Staatsanwaltschaft ja auch erst den Tipp gegeben und den Fall ins Rollen gebracht. Ohne sie hätte es
keine Obduktion gegeben und ohne Obduktion wäre der
Mord niemals ans Licht gekommen.
Wir müssen davon ausgehen, dass der Täter das Gift und den
Tötungsvorsatz bereits mit zum Fest gebracht hat. In diesem
Fall waren also weder die Testamentsänderung noch weiterer Nachwuchs das Motiv.

Schauen wir uns die anderen Personen an:
Bei Caroline, der Schwiegertochter ist überhaupt kein Motiv
erkennbar; sie mochte ihren Schwiegervater und hatte keinen Grund, ihm etwas anzutun. Wenn sie das vorgehabt hät-

te, dann hätte sie schon vor 14 Tagen, als sie ihn mit Medikamenten versorgt hat, mit einem Mittelchen töten können. Als Apothekerin hat man da sicher die eine oder andere Möglichkeit.

Wenden wir uns noch einmal Jackie zu, der jungen Witwe, die vor 14 Tagen verreist war. Wir wissen, dass sie nicht, wie behauptet, ihre Mutter besucht hat. Karl-Friedrich hat vermutet, sie habe eine Affäre mit seinem Sohn Johannes. Dieser hat aber zu diesem Zeitpunkt, dies haben Sie sicher ermittelt, in Hamburg Theater gespielt und somit für Jackies Reisezeit ein Alibi.

Jackie war, Sie ahnen es schon, mit Dr. Schaller verreist; er ist ihr Liebhaber und war vor 14 Tagen mit Jackie in Paris. Er ist sehr verliebt in sie und hat ihr, ganz romantisch, einen Heiratsantrag auf dem Eiffelturm gemacht. Sie hat diesen Antrag aber strikt abgelehnt; eine Scheidung kam für Jackie nicht in Frage. Sie mochte ihren Mann und das Leben, welches er ihr bot, wirklich sehr.

Also plante Dr. Schaller, etwas zu unternehmen. Er fürchtete, sonst noch Jahre auf seine große Liebe Jacqueline warten zu müssen. Denn Karl-Friedrich von Staffelberg war äußerst gesund. Es war ein leichtes für Dr. Schaller, ein so hoch dosiertes Digitales zu besorgen, mit zur Weihnachtsparty zu bringen und den Unternehmer damit zu vergiften. Und wenn Frau Höhner nicht die Polizei informiert hätte, wäre er auch mit diesem Mord durchgekommen.

Unser Motiv heute Abend ist tatsächlich die Liebe.

Nachwort

Wie es mit allen Beteiligten weiterging:
Henry Kragenberg sah durch eine verspiegelte Scheibe in den kleinen Vernehmungsraum.
Dr. Schaller saß dort an einem runden weißen Tisch und sprach angeregt mit seinem Anwalt.

„Das Dumme ist, dass wir ihm kaum etwas nachweisen können", sagte Henry nachdenklich zu seinem Kollegen, der soeben mit 2 Kaffeebechern hineingekommen war.
„Wenn er weiterhin die Aussage verweigert, wird es ein reiner Indizienprozess und ich bin nicht sicher, ob dass, was wir haben, für einen Haftbefehl oder eine Verurteilung reicht! Und dann noch die Sache mit der Beerdigung. Hast du schon mal erlebt, dass eine Urne, kurz vor der Beisetzung spurlos verschwindet? So was gibt's doch gar nicht."

Er nahm einen Schluck Kaffee, bevor er fortfuhr:
„Hast du wenigstens die Drogenfahndung zum Haus von dieser Irene von Staffelberg geschickt?"
Der Kollege nickte. „Ja, aber in der Weihnachtszeit sind sie unterbesetzt. Ich denke, das wird nichts vor Anfang Januar!"

„Sind das die Letzten?", fragte Alice Höhner und nahm zwei Schalen mit kleinen Hanfpflanzen von Irene entgegen. „Mehr kriege ich kaum in meinen Wagen!"
Irene nickte. „Der Keller ist leer. Es war eine tolle Idee von Ihnen, die Plantage zunächst im Gewölbe der Villa unterzubringen, jetzt wo Jackie gerade auf Sylt ist."

Frau Höhner schloss mit Schwung den Kofferraum des Geländewagens.
„Ich passe gut darauf auf, keine Sorge. Und geben Sie mir

doch bitte noch das Rezept für die Hanfbutter und die Schokoladenherzen!"
Irene zog einen Zettel aus ihrer Hosentasche.
„Hier steht alles drauf. Aber Vorsicht", warnte sie dann mit strenger Stimme! „Ein Schokoherz reicht locker aus, um sich einen schönen Abend zu machen." Sie lächelte zufrieden als sie ergänzte: „Ich hole die Pflanzen wieder ab ... wenn ... etwas Gras über die Sache gewachsen ist."

„Und Sie sind sicher, dass Sie diesen alten, abgewetzten Sessel kaufen wollen? Der hat doch gar keinen Wert."
Die Leiterin des Altenheimes „Waldesruh" sah Arthur erstaunt an.
„Absolut sicher!", antwortete dieser, zog einen 20 Euro-Schein aus seinem Portemonnaie und drückte ihn der Dame in die Hand. „Ich kenne jemanden, dem bedeutet eben dieser Sessel sehr viel. Er ist durch ... einen Irrtum aussortiert worden. Ich lasse ihn morgen abholen!"
Mit diesen Worten verließ er lächelnd das Haus. Monika hatte sich nichts Teures, dafür aber etwas Individuelles zur Hochzeit gewünscht; na, die würde Augen machen.

Caroline stand in der Küche und setzte Kaffee auf, als Johannes zur Türe hereinkam.
„Und, bist du schon gespannt, wie dein Bruder Sven so sein wird?", fragte sie und stellte die Maschine mit einem Blick auf die Uhr an. „Er wird jeden Moment hier sein."
Johannes nickte.
„Ja natürlich. Ich bin total gespannt auf ihn. Nur schade, dass wir gar keinen Kuchen im Haus haben. Aber er hat sich ja auch extrem kurzfristig angesagt!"
Caroline zeigte auf eine Tüte mit Keksen.
„Guck mal", lachte sie. „Die habe ich eben, als ich kurz in der Villa war, bei Frau Höhner in der Küche stibitzt. Sie hat ein

ganzes Blech voll Schokoherzen gebacken und wird gar nicht merken, dass welche fehlen!"

Genüsslich steckte sie sich einen Keks in den Mund.

„Hm ... die sind so lecker, willst du auch einen?"

Johannes nickte, griff zu und verspeise ebenfalls ein Schokoherz.

„Gut", sagte er dann anerkennend. „Da musst du mal nach dem Rezept fragen!"

Caroline nickte. „Mach ich. Hoffentlich ist der Sven Södermann nicht so ein typischer Nordfriese. Die können manchmal so schrecklich steif sein."

Johannes schüttete die Kekse in eine Schale und ging damit hinüber ins Wohnzimmer.

„Ich denke nicht", rief er seiner Frau über die Schulter zu.

„Ich habe das Gefühl, dass es ein ganz lustiger Nachmittag wird!"

Ein paar Tage später:

Jackie, Monika, Irene und Alice Höhner standen gemeinsam in der Abenddämmerung am Ellbogen auf Sylt und sahen traurig aufs Meer hinaus.

„Wollen wir jetzt?", fragte die junge Witwe schließlich und die anderen nickten stumm.

Jackie griff in ihre große Handtasche und holte, von den anderen aufmerksam beobachtet, beinahe feierlich einen silbernen Behälter heraus.

Gemeinsam schritten sie ans Wasser und jede von ihnen berührte noch einmal das Gefäß mit Karl-Friedrichs Asche.

„Niemals", sagte Irene nun leise, „...niemals hätten wir zugelassen, dass du neben deiner Mutter beigesetzt wirst."

„Niemals", bekräftigten auch Monika und Alice Höhner.

„Wenigstens im Tod sollst du deine Ruhe vor ihr haben!"

Dann öffnete Jackie den Deckel und verstreute die Asche im Wind ...

Autorenportrait

Cornelia H.-Müller ist seit 2006 als Autorin tätig. Ihr Genre sind Mitspielkrimis und Geschichten.

Autorenkontakt über
glashauskrimi@glashauskrimi.de
oder per Post:
Cornelia H.-Müller,
Postfach 190 313, 42703 Solingen

Besuchen Sie Cornelia H.-Müller auch auf Ihrer Homepage:
www.glashauskrimi.de.

Weitere Bücher von Cornelia H.-Müller, erschienen im Edition Paashaas Verlag:

Krimiparty:
5 neue Fälle für Ihre Ermittlungen zu Hause
2. Ausgabe, 2015
Paperback, 188 Seiten
ISBN: 978-3-9813928-8-3, Preis: 13,95 €
Irrtum oder Absicht? - Für 5-7 Spieler
Mord in bester Gesellschaft - Für 6 Spieler
Muttertag - Für 8-10 Spieler
Mann über Bord - Für 7-10 Spieler
Feine Verhältnisse! - Für 7-10 Spieler
Altersempfehlung: 12 bis 99 Jahre

Neben dieser großen Sammelausgabe gibt es zahlreiche weitere Bücher mit Einzelkrimis oder Themenreihen:

Krimiparty Sonderband 2: Workshop mit Todesfolge
Krimi aus dem Allgäu, ISBN: 978-3-942614-39-9

Krimiparty Sonderband 3: Die Rache
reiner Frauenkrimi, ISBN: 978-3-942614-41-2

Krimiparty Sonderband 4: MorgenGRAUEN
Bayern-Krimi, ISBN: 978-3-942614-58-0

Krimiparty Sonderband 5: Spargelsilvester
ländlicher Krimi nicht nur zur Spargelzeit,
ISBN: 978-3-942614-71-9

Krimiparty Sonderband 6: Inkognito
Hotelkrimi, ISBN: 978-3-945725-12-2

Krimiparty Sonderband 7: Bayern-Spezial
mit 2 Fällen: MorgenGrauen + Neues aus Wulfrathshausen
ISBN: 978-3-945725-45-0

Krimiparty Sonderband 8: Der fast perfekte Mord
Sylt-Krimi, ISBN: 978-3-945725-84-9

Krimiparty Sonderband 9: Die Wette
ein schottischer Krimi, 978-3-945725-98-6

- auch als englische Ausgabe erhältlich:
Murder Mystery Party 1: The Bet
ISBN: 978-3-96174-000-0

Krimiparty Sonderband 10: Neues aus Wulfrathshausen
Ein Krimi nicht nur für Golfer! ISBN: 978-3-96174-002-4

Krimiparty Sonderband 11: Familienbande
Eifelkrimi, ISBN: 978-3-96174-021-5

Krimiparty Sonderband 12: Schatten der Vergangenheit
Kreuzfahrtkrimi, ISBN: 978-3-96174-025-3

Außerdem gibt es Ausgaben für Kinder – genau so spannend, aber ohne Mord.
*Die Bücher **Krimiparty Kids** werden ausdrücklich als Bücher für Kinder und Jugendliche ausgewiesen, obwohl auch sie für Personen älter als 12 Jahren geeignet sind und einen spannenden Abend bieten.*

Krimiparty Kids Band 1: Kunstraub in New York
ISBN: 978-3-945725-25-2

Krimiparty Kids Band 2: Was für ein Zirkus
ISBN: 978-3-96174-034-5

Weitere Ausgaben sind in Planung.

Alle Bücher sind unter: www.verlag-epv.de zu bestellen oder auch überall im Buchhandel erhältlich.